我开始有一些担心，
如果有一天，山林消失了，
我们将在何处寻找家园？
我们还能在哪里聆听生命动人的讲述？

SHAN LIN RI JI

山林日记

丛林 著

中国出版集团
现代出版社

图书在版编目（CIP）数据

山林日记/丛林著. --北京：现代出版社，2016.3
ISBN 978-7-5143-4672-5

Ⅰ. ①山… Ⅱ. ①丛… Ⅲ. ①散文集－中国－当代
Ⅳ. ①I267

中国版本图书馆CIP数据核字（2016）第038307号

山林日记

作　　者	丛　林
责任编辑	李　鹏　陈世忠
出版发行	现代出版社
地　　址	北京市安定门外安华里504号
邮政编码	100011
电　　话	010-64267325　010-64245264（兼传真）
网　　址	www.1980xd.com
电子邮箱	xiandai@vip.sina.com
印　　刷	北京一鑫印务有限责任公司
开　　本	880×1230　1/32
印　　张	8
字　　数	170千
版　　次	2016年3月第1版　2022年7月第2次印刷
书　　号	ISBN 978-7-5143-4672-5
定　　价	39.80元

序

金黄如蜜的阳光透过高大云松的针叶，将万千温柔的触角伸向林间空地。林子里光斑摇曳，寂静无声。

在这里，在这无人的幽静国度里，并没有一样事物是真正静止的。苍老的古树、淹没荒径的落叶、野草、昆虫、潮生的苔藓，它们都在一面生长，一面死亡，动容地向你讲述着生命的奥秘。还有那倒下来横挡路径的腐朽枯树、洞穴旁散落的球果、矮灌木上空了的鸟巢、湿地上留下的野兔脚印，它们也都明明白白地告诉你，这里曾经发生过什么，就像你亲眼见到了这些动物的出走、欢乐、恋爱和死亡。

一切都是刚刚发生的事情，却也是亿万年前就书写在这里的文本。我走进这片松林，在松树下的石凳上斜倚而坐时，就仿佛是同山林里这位永恒的创造者坐在了一起。无数鲜活的生命从他的万花筒下流泻而出，滚滚向前。我则沉默地观赏着。

可美好的事物并不是永恒不变的，在湘西这片山林里生活了二十年，目睹了城市的无限扩张，正如何一点一点吞噬着我们的绿色领地。我开始有一些担心，如果有一天，山林消失了，我们将在何处寻找家园？我们还能在哪里聆听生命动人的讲述？

CONTENTS

目　录

第一辑　春

第二辑　夏

第三辑　秋

第四辑 冬

第一辑

春

2014年2月4日　小雨　立春

大自然翻开了它新的日历

今日立春。细雨霏霏，大自然又在清寒中翻开了它新一年的日历。

山林幽静，寂无行人。

天气这么冷，山下的居民都还围在火炉边享受他们农历的新年，不肯上山来迎春吧。我独自站在山顶凉亭眺望远山，水墨一样重重叠叠的峰峦全都沐浴在烟雨中，薄霭轻绕，静默无言。

山峦已不完全是冬日瘦寒的样子，细雨里有了青草气。

想起周朝《月令》：先立春三日，太史谒之天子，曰："某日立春，盛德在木。"天子乃斋。立春之日，天子亲帅三公九卿、诸侯、大夫以迎春于东郊。还返，赏公卿、大夫、诸侯于朝。

古人尊重自然，敬畏自然，也亲近自然，他们与自然万物和谐相处，对物候的了解比我们今天要深厚得多。他们将一年分为四季，每季六个节令，一年合为二十四个节令。每个节令平均约为十五天，每个节令又分为三候，每候约五天，一年便是七十二候。自然万物就在这每一节每一候里悄然变化，轮回更替。

立春为一年之始，万物新发，人人心中亦自生出一种要肃然自新的端正好意，对这个节令自然更为珍爱。唐宋年间，也还有翰林学士要在立春之日向皇上献诗的礼俗，俗称"春帖子"，以祝福新春。

这样一个美好的开端之日，我怎能不对新一年的生活充满新的向往，新的期望，怎能不满怀激情独自上山来迎接呢？

眺望东方寂静辽远的天空，感觉周天子那神圣而盛大的迎春仪式，还正在某个地方庄严举行，而春的消息正从那里远远奔来。

又想起去年冬天，站在甘肃海拔三千两百多米的绝域高原眺望群峰的情形。也许因为是冬天的缘故吧，那里的山没有树木，没有绿色，只有裸露的戈壁、黄土和一些枯黄的牧草。因为没有绿色和雾气的洇染，那起伏叠嶂的峰峦也就不会同湘西的山峦一样层层渐染，而是远近的山峰全都一样高峻、清晰，仿佛一伸手就可以接到蓝天。可以想见，当遥远处的山峰也同近前的山峰一样清晰、纤毫可辨时，那种距离感的失去所带给我的强烈视觉冲击。我仿佛站在了时间的荒野，清晰地看见我的心如同一面纤尘不染的明镜，又仿佛是天空中有一只神明的眼睛进到了我的心里，世界光明如照，山川大地全都清晰地摄于眼前了。那一刻，世界仿佛初生，又仿佛是亿万年前的别后重逢。

此刻，站在山顶凉亭里，那只神明的眼睛仿佛又回到了我心里。我仿佛又看见了西域高原那些亘古寂寞的赤峰，它们也同我一样，同湘西的水墨群峰一样，默然静立，眺望着春神的马车从遥远的东方隆隆而来。

春天在这里，也将在那里啊。

2014年2月5日　小雨

白兰花

　　山谷清寒，寂无人踪。细雨中，只有山道两旁的白兰花静悄悄在开。

　　在这片山谷里，春天开得最早的花总是白兰花。只要天气好，它们甚至在立春之前就能开。

　　枝头这些早开的白兰花就是立春前开的。浓密的绿叶间白花朵朵，如灯盏、如火焰、又如一只只小白鸽俏立枝头，灵动欲飞。

　　很多人不认识白兰花，以为它就是人们常说的玉兰花。其实不然，玉兰花树是先开花，后长叶，而白兰花树则四季常青。但白兰花也不同于四季常青的广玉兰。广玉兰树更高大，花期晚，花朵如莲，大而笨，远不如白兰花灵动清雅。我百度查过，白兰花又名缅桂花、天女木兰、黄桷兰等。花朵除了白色，也还有黄色的。大概黄色的就叫黄桷兰了吧。

　　白兰花于我而言，就像一个同我有着秘密约定的九天玄女，每年立春前后，她总会如约降下凡尘，在这片山谷里悄然现身，等我晤面。

　　白兰花虽然总是静悄悄地来，可那香气并不安分，若有微风，真可香动十里。所以，她每次来，都是先以香气来探我的窗，诱惑我、呼召我。

　　我的书窗就正对着这片山谷。

年轻时有过许多梦想，其中一个梦想就是要在某个半山腰拥有一座简单的小木屋，木屋里不需要太多东西，但要有满屋的书，而屋前则要开满山花。春天的时候，我就看着这些山花盛开；夏天看流云在山尖漫步；秋天听风吹过树林；到了冬天，则要烧一炉暖暖的木炭火，围着火炉饮酒看书，任飞舞的雪花渐渐覆满山头。

不知道一个人怀有的梦想是否也会像天上的星星一样，在暗夜里发出幽微的光芒。不然的话，命运之神为何总会懂得我幽微的心愿，轻易就让我实现了梦想呢？

我住的虽然不是小木屋，而是湘西山林某个青山脚下的一栋现代公寓楼，却比小木屋更好。我的住屋在五楼，书房和阳台的落地窗正对着山谷，相距不过丈余。公寓楼之外，是湘西群山环抱之中一个出产金子的小镇。我在小镇上拥有一份能谋生的工作，拥有一个合法的身份和居住权。

还有什么是比这更理想的生活呢？

你看，书窗外寒雨纷飞，却也没有压住白兰花的香气随风阵阵传来。

闻着它的呼召，我怎能不弃了书卷，撑着雨伞独自步入山林呢？

今天才是立春的第二天，这白兰花才打开花苞就迎来了早春的第一场雨水。可是它们一定并不讨厌雨水，你看，在春雨的洗涤下，这些白兰花更加洁白，更加清雅，也更见风骨了。

她们是早春的使者，是这林中纤尘不染的白衣仙子，春天才刚刚来到，她们就赶在所有的花发之前，在这无人的山谷里独自起舞，默然芬芳。

早春薄雪

哦，居然下雪了。

一朵一朵轻盈的雪花无声飘落，仿佛是天空正赐予大地温柔的祝福。

我摊开手掌，那雪花就轻轻飘落我手心。洁白、晶莹，然后在顷刻间化为一颗透明的水滴。我禁不住抬头仰望天空，想此刻，天空之上若真有一位神明正对着大地抛洒雪花，那他该有一颗怎样柔软而多情的心呀。

去年一冬没有下过雪，这早春的第一场雪我怎么能错过呢？

清晨，没有什么人上山，积着薄雪的山峦幽静无声。我信步走入空无行人的山谷，仿佛是走入了山峦幽寂空灵的心灵秘境。

落过雪的空气冷冽、清新，吸进肺里有丝丝的凉，洁净不染一丝尘埃。间或从脚边茅草丛里传来一两声短促的鸟啼，那声音也显得特别清亮、稚嫩，不含一丝杂质。

山道两旁的万年青、红桫木、野茶树、山栀子，全都顶着一头淡淡白雪，俏立雪中，共同为山谷制造着清新冷冽的空气。

每朵白兰花的花瓣上，也都轻托着一堆细细白雪，冰肌玉骨，美丽极了。

山脚短崖下一株红梅也凌寒而开了。疏枝上几朵细小红花在白雪衬托下，愈发清华美艳，高洁得仿佛不是尘世之物。

行走在这样的山径上，只觉得自己的心与肺也都被冰雪洗涤过了，洁净清凉。

春雪是积不住的，到中午时分，温度升高，林中的积雪同薄冰便开始纷纷融化，簌簌掉落。从我所坐书房的位置看出去，山峦一道道黑，一道道白。那黑色的是裸露的岩石同灌木，在白雪衬托下，呈现出一种暮霭般的、非常洁净的烟紫色。

不知为什么，这情景，会让我想起日本的江户。日本江户时代的贵族之家，特别讲究庭院布置，拉开居室的推拉门，则庭院外必有假山、流水、布置精巧的盆景、绿植。落雪的时候，薄雪会静静覆盖在那些清和宁静的事物之上，屋主人则身着和服，相对席地而坐，静静品茶，欣赏雪景。那是一个懂得欣赏雪景，懂得精致之美的民族。

山下小区里的年轻人也终于闲不住了，陆续有人上山，举着相机四处拍照，欣赏雪景。

山脚下，孩子们在父母陪同下，在覆盖着白雪的草坪上追赶、撒雪、打滚，笑语喧哗。

寂静的山谷热闹起来了。

2014年2月9日　冰冻

冰雪之晨

原以为春雪是积不住的，却没想到一连几天，雪会越落越大。这是因为去年冬天太暖和了，年前气温高得如同初夏，所以立春之后才立即迎来了这一场寒流吧。这也是大自然的平衡法则。

昨天的雪下得尤其大，夜里又特别冷，气温低到零下四摄氏度。早晨起来拉开窗帘，发现客厅窗玻璃上的汽水都结成了冰花，用指甲一刮就是一层冰碴子。这样的景象在南方可不多见。

推开窗户，一股寒气扑面而来，屋外一片银白。路面不用说早已结冰了。

现在还是农历的新年，矿山职工还在休春节假，他们不会把大班车绑上铁链条开来这个小区接人。可是我还要去矿区医院上班呢，看来只能步行了。

从我住的小区步行到医院，平常天气要四十五分钟，今天这样的路况耗时可能要多些。我看了看手机，六点半，得赶紧洗漱一下，再煮一碗面条吃，赶在七点钟出发才来得及。

平底靴踩着冰冻的积雪，咯吱咯吱的响，倒也还平稳，不太影响行进的速度。

雪可真不小，走在公路上，触目只是一片白茫茫。眼面前的山形轮廓还看得清晰，还可见白雪茫茫中透出的道道黑影。那黑影是白雪盖不住的灌木同竹子，它们被沉重的冰冻完全压趴了身子，蜷缩在岩壁上。山峦因此忽然变得矮了一截，像一只生病蜷毛的野兽，萎靡不振。

稍远一点的山峦便连轮廓也看不清了，全都被天地一色的粉白所淹没。往日熟悉的远山连同天地的边界全都消失在一片白茫茫的混沌里。

路边菜地里的白菜萝卜也都被白雪盖住，只隐约露出一点绿影子。

这可苦了那些被立春前的异常高温所摧开的花朵了。我想着山谷里那些美丽的白兰花、红梅花，它们可没想到刚一打开花苞就会被一场寒冰封冻住，变成被施了定身魔法，锁在冰宫里的睡美人。我暗自祈祷这场冰雪能快些过去，不然时间一长，它们可就挺不住，要被冻死了。到那时，就连阳光之吻也不能解除它们身上的魔咒了。

还有地底下那些懵懵懂懂的蛇虫，大概刚刚被年前的一场热气熏醒过来，正要傻头傻脑钻出泥土吧，却忽然被这一场寒流吓得赶紧缩回头去。

　　"呵呵，小东西们，春天还早着呢，耐心点哟。"

　　走着走着，就全身发热了，背上竟隐约有了汗意。

　　虽是冷冽的清晨，我还是迎面碰上了不少的行人，有同我一样赶着上班的，有赶早出门卖菜做生意的，他们走起路来也都昂首挺胸，全无瑟缩惧冷之意。

　　我想，他们一定同我一样，去年一冬没有下过雪，总觉得失落，所以对早春这场大雪是期待的，喜欢的。而且，寒冷似乎还更能增长人的傲气，毕竟，有什么可以阻挡生活的热情，有什么可以阻挡春天的脚步呢？

2014年2月14日　晴　元宵节

霞光透过山林

　　清晨六点，天还没有亮，气温零下三摄氏度。昨天虽晴了一天，残雪还没有完全消融，积成水存在路面低凹处，夜里一冷又被冻成冰。昏黄的路灯照在冰上，反射出黑黝黝的冷光。

　　天气太冷，小区里只有我一个人在晨跑。球鞋踩在冰碴上，咯吱咯吱的响。

　　雨雪延绵了这么久，终于晴了，我有些等不及要晨跑了。这些年，我一直保持着良好的作息和有规律的生活习惯，并不想因寒冷而有所改变。我总觉得行为上的秩序也有助于内心秩序的建立，它会让内心坚定、明晰，会让生活变得从容、简单。

清晨的空气冷冽清新，刺激着皮肤和头脑，思维似乎也变得洁净和清晰了。

跑完步之后，身上已经发热，我照例循着小区后的山径进入山谷。山谷极安静，在这样寒冷的日子里，就连鸟儿也都缩瑟在巢里，一声也不啼唱。

山径上还结着薄薄的冰碴，脚踩上去，发出轻微的冰碴碎裂的声音。我担心滑倒，走得很小心。

山上有许多常青树木，树木的枝叶顶端已经抽出了一些细小的嫩芽。那些嫩芽，多是肉红色同嫩黄颜色，此时，因为寒冷，它们也都同老叶一样缩瑟着，不敢舒展开来。

落叶灌木还是一色的褐色秃枝，只有山苍子树已经缀上了一些极细碎的嫩黄花苞。

早春山林，依旧还是寒冷的、瘦瘠的，柔嫩的生命正在悄悄地孕育之中。

登上山顶，站在红色凉亭里，眺望了一会儿天空、远山同山下的小镇。小镇同远山还在沉睡，而淡青的天幕已经打开了，垂淌下了柔和如蜜的晨光。

这柔和如蜜的晨光，仿佛是从天空降下的温柔祝福。它那样轻柔，仿佛生怕惊醒了林中鸟儿同新生树叶的晨梦，就像母亲不愿惊扰她睡梦中的婴儿。

随着东方蔷薇色的云彩渐渐加多，一缕霞光终于穿透乳雾投进了山林。

山林在初升的朝阳里悄然醒来。草木开始舒展枝叶，薄冰开始融化……

天气预报说今天会是个艳阳高照的日子，果然不错啊。我站在山顶，迎着朝阳深深的吐纳呼吸，只觉得这清晨时光是如此美好，世界与我如此有亲。

今天还是元宵佳节呢，在山下这个小镇里，虽然不会有灯展或者别的什么热闹，可是我准备了汤圆在冰箱里，下山之后叫醒父子二人，煮一锅甜甜的汤圆，就可以一家人过一个温馨的节日了。

有时候我会想一想我在山林中这种近乎半隐居的生活。在远离城市喧嚣的山林里，生活已经变得越来越简单，我更多关心的是季节和气候的变化、居室庭院的温馨，以及灵魂的洁净和自由，余者似乎已经不那么重要了。

想起狄金森的一首短诗：

> 假如我能使一颗心免于哀伤
> 我便没有白活一场
> 假如我能消除一个人的痛苦
> 平息一个人的悲伤
> 或者帮助一只昏迷的知更鸟
> 重新回到它的巢中
> 我便没有虚度此生

这多么像是我简单心愿的写照啊。

是山林，教会我这样从容生活。

2014年2月19日　晴　雨水

晴朗的雨水节

"雨水"是春天的第二个节令。到今天，春天就过去半个月了。

在这个半个月里，除了元宵节前后晴了两日，其余日子都是雨雪交加。这是因为立春日落了雨的缘故吧。民间有经验的人说，立春日如果落了雨，这个春天就将是个多雨的春天。

南方的春天向来是多雨水的，晴朗的日子不多。虽说正是这种潮湿多雨的气候滋长了南方草木生机旺盛，也滋养了南方女子的皮肤细腻光洁，然而，湿漉漉的水气粘在人的皮肤上，总让人的体感极不舒服。而且，那滴滴答答的雨声从早到晚敲击不停，能一直滴答到人的心里、梦里，也会让人产生一种被困在了黏稠蛛网中的无奈。所以，春天的阳光，是有如黄金一般的金贵。

今天虽是雨水节，天气预报却说今天会是个艳阳天。盼了多少天的太阳了！我清晨即起，把被单全洗干净，早早晾在阳台外的晒衣竿上，让它们去等待必将到来的太阳。

近中午时分，太阳终于挣破云层，从云隙里投下万道金光。我的心，也随之喜悦。

雪后初霁的天空，如同被鸟儿的翅膀擦亮的明镜，蓝得干净又纯粹。远处山坡上，还有一堆堆残雪积在树脚下没有融化干净，此刻反射着阳光，越发耀眼和晶莹了。

园子里，冬青树的叶子在阳光照耀下变得娇黄透亮，脉络分明，仿佛那每一片叶子上，都托着一个阳光精灵在摇曳、舞蹈，让人心生欢喜。

一两只小鸟，无惧清寒，在枝头轻轻叫唤着。

我能想象，山脚下的村庄里，主妇们正如何把被单晾晒在菜园小树间的细绳上。被单下，碧绿的卷心大白菜同白萝卜樱子正吐露着湿润的青草香。

大树枝丫上嫩黄的小芽，枯草丛中悄悄萌发的新草，都在阳光温柔的爱抚之下舒展开来，仰起它们毛茸茸的小脸。

一个叫"雨水"的节日，居然会这样阳光妩媚，真让人开心。

然而，顾名思义，"雨水"之后，春雨将会更加淅沥起来，人们还得耐心度过一段雨水浸淫的日子。但不管怎么样，这个节令之后，春又更深了一层，地下的阳气已经上升，泥土下的种子都要苏醒了，要开始萌动、发芽了。美丽的、让人期盼的春天已经真真实实就此来到了。

这之后，植物生长的速度会越来越快，大地万物将会一天一个样子。

2014年2月20日　晴

白霜之晨

六点十分下楼跑步时，天还没有亮，霜也没有降下来。我用手摸过花坛里的茶花树，叶面是干燥的。

跑完步进入山林时，大约六点四十分，天幕已渐渐打开，露出一线熹微的晨光。这时，我忽然发现山道旁的柏树林上，反射着一层细绒绒的、亮晶晶的白光，像是谁给这片矮小的侧柏林撒下了无数密集的小水晶。

霜还是露？用手一摸，湿湿的。我无法确定。

继续朝上山的路上走，不知是因为天在一点点变亮，还是霜在一层层加重，我已经可以清晰看到脚边枯黄的茅草上、裸露的岩石上，全都凝结了一层白粉粉的霜晶。我终于确定是打霜了。

这时，我发现了一道奇异的景观，山径两旁的行道树上，每一片暗绿的叶子都被镶上了一圈亮闪闪的银边。野茶、香樟、山毛榉，所有的树都变成了长着银边树叶的神奇树了。

这些霜晶那么奇怪，它们围绕着树叶毛茸茸的锯齿边缘凝结成一个细圈，叶面中央却一颗霜晶也没有，所以树叶是什么形状，它们镶上的银边就是什么形状。山崖边一株小棘树，枝影横斜，叶子四五片一簇互生，那些小叶子只有小指甲盖大小，圆溜溜的。霜晶就给这些小圆叶子全都镶上一圈同样大小，亮闪闪的银边。在熹微的晨光里，小棘树就像是水晶宫里的冰枝，稚气可爱极了。

更不要说挂在松树枝上那些亮闪闪的银针了。

天还没有亮，树林幽暗，霜花银光闪耀，我仿佛是在一个有无数星星闪耀的童话世界里穿行。

虽然我还是无法明白这些霜是怎样突然降临的，无法明白它们是怎样在我的眼皮底下，突然间就从无到有，凭空瞬间形成了的，可是我明白了，所有那些寒冷的造霜的夜晚，霜多半都不是半夜形成的，而是黎明时分，在黑夜与白昼交接的神圣时刻，自然之神赐给山林的最珍贵的礼物。

　　我细察树叶上的霜晶，用指腹轻轻碰触那道银边，又觉得它们像是一圈细小的雾珠了。也许，是霜晶正在早晨逐渐升高的温度中化为雾珠吧，也或许是我的指温让它们化为了雾珠？它们原本是同一事物，温度低一点是霜，温度高一点就成了雾，那微妙的变化只在毫厘之间。

　　更多的霜在融化成雾，山林的雾气已经越来越重了。爬上山顶凉亭之后，举目四望，几米之外的山形轮廓，山脚下的公寓，全都不见了。乳白色的茫茫雾海把一切物体都吞没了，我所站立的红色凉亭仿佛是凭空悬浮在雾海之中的空中楼阁。我想，晚起的人只会知道今天是个大雾天，将迎来一轮红日高照，是不会知道刚才的那些霜晶了。

　　顺着白石子甬道下山的时候，感觉头发拂在脸上凉凉的，用手一摸，原来长发已经全被雾水打湿了。

　　看啦，在这个早晨，我也同山上的树木一样，被清晨的寒霜和甘露浇灌过了。

微雨夜来过

自雨水节晴了两日之后，这十来日又是天天下雨，除了上班，早晚都不便上山了。今日休息，坐在书房里听娇鸟弱鸣，看窗外寒山在细雨中一日日渐转苍翠，嘴里忽然冒出一句诗来："微雨夜来过，不知春草生。"冒出来时吓了一跳，心想哪来的？思忖一番，方想起韦应物，不禁莞尔。韦应物诗清淡闲远，有清凉意味，是我喜欢的。

稍后雨歇，缓步入山谷，方觉十来日的雨水浸润，山林果然又有了许多变化。山峦的整个土层深处都已经吸饱了雨水，地表泡得酥软如馒头。岩层深处的水分多得植物吸也不吸不完，又从岩壁渗出来。

山谷四处淌着泉水，湿漉漉的。

泉水浸湿了落叶、枯茅同新生的柔草。

枯黄的草坪已经泛起点点绿意。

山茶树、栀子树、杜鹃花树的叶子都油光翠亮，闪着水光。枝端新抽出来的嫩黄绿芽覆着一层细细绒毛，绒毛上还裹着小水珠，鲜嫩稚气如初生婴儿的胎发。

树下，婆婆纳同野芹草的小叶子闪耀着水珠，翠嫩得可以掐出水来了。

婆婆纳已经打上了蓝色的、细如碎米一样的小花苞，贴着泥地；还有一种不知名的贴着泥地的小草，也打上白色碎米一样的小花苞；还有黄色的小毛茛、紫花地丁……过几天，太阳一出，这些小草花就全都要开了，山坡将会变成一面小小的碎花地毯。

枯竭了一冬的林间小溪终于涨满了春水，缓缓穿过碎花草地。水声淙淙，清亮无尘，仿佛是山林正在用钢琴弹奏一支春之序曲，舒缓深情，生机无限。

　　水流声中，山谷显得更加幽静了。

　　小黄鹂不知是欢喜雨停了，还是被溪涧流泉的音乐吸引，七八只结伴从林间飞出来，落在草坪上、矮茶树上，或是白石子山道上，转动着圆溜溜的黑眼珠，叽叽轻唤，啄食草籽。也不知它们轻轻交谈的是些什么，跳过来又跳过去。

　　前些天落雨落雪又冰冻，巢穴都该湿透了，那时候它们躲在哪里，日子是怎么过过来的呢？

2014年3月5日　阴

山苍子

　　惊蛰未到，山苍子就已经开花了。

　　记得去年，我就是在惊蛰日的清晨从山上折了一枝山苍子花回家，向志勇宣告春天到了，诱惑他早起同我跑步，锻炼身体，莫负春色。

　　明天才是惊蛰日。看来，早些天的雨雪冰寒也并没有影响山苍子今年的花期。

　　山苍子又名木姜子、山鸡椒，是山林里随处可见的野生灌木，也是早春山野里最早开花的树。二月山尚寒，它们就率先在枯枝上缀满一簇簇玉米粒一样的嫩黄花苞，乍一远看，还以为是经冬的枯木抽出了满树新芽。

山苍子花说不上好看，可那一株株嫩黄花树蓦地从满林苍寒的灌木间凸显出来，夹杂闪耀在山坡，也能令山谷为之喧哗，春光耸动。

山苍子花是家中素面质朴的大姐，是因家境贫寒早嫁的大姐。要在山苍子花开过之后，她的那些漂亮妹妹们——山樱、桃花、杏花、李花才会一个个紧跟着盛装出场，山野才会真正明艳而活泼起来。

其实山苍子花细看也娇媚可爱，那碎如珠玉的花朵虽小，却花型圆润饱满，犹如一只只倒挂的金色小莲灯，三个四个五个凑成一簇，缀挂枝头，惹人怜爱。只是它的风头实在及不上紧随它而来的那些颜色美艳的漂亮妹妹们。

等到山樱、桃花、杏花李花都争相开放的时候，就再也没人会注意山苍子花了。它也就趁人不注意，默默退守一旁，悄悄收拢花瓣，长枝长叶，在枝叶间暗结珠胎。直到五月初的某一天，当你无意间步入山林，突然一股异香扑鼻，这时才会猛然惊觉："啊，山苍子结籽了！"这时候，伸手从枝叶间摘几颗青圆如豆的绿珠子下来，就是佐牛羊肉上好的火锅香料了。山苍子完全成熟之后，呈深绿色和黑褐色，它的外形、麻、香都颇似花椒，但比花椒香得更野性。

志勇今年没有像冬眠的动物那样蛰伏，早些天就已经同我一起早起跑步爬山，用不着再折山苍子花来诱惑他。可下山的时候，我还是照例折了几枝，拿回家插在玻璃瓶里，用清水养了，供在餐桌上。餐室空气刹那间便生动起来，野趣盎然。

坐下来吃黑米粥的时候，志勇禁不住朝它望了好几眼。

附：

　　山林里还有一种树是同山苍子同时开花的，它也同山苍子树一样，先开花，后长叶，花的颜色也同山苍子一样。可是它的花要比山苍子的花大，树也比山苍子树高得多。沿着溪流在寂静的山谷里缓缓行走时，远远望见瘦冷的半山腰上，突然出现那样高大的一树嫩黄娇花，仿佛是为了与你重逢，才特意早早地等候在那里，亦能让你的心为之一喜。

　　那种树叫檫树。

　　可是，等到檫树的花谢了，长出满树新叶之后，它就同其他的树木混杂在一起，我也就再也认不出它来了。

2014年3月6日　小雨　惊蛰

细雨惊蛰

惊蛰是春天的第三个节令，至此，春天已经过去一个月，正式进入仲春了。

顾名思义，惊蛰是春雷始鸣，惊醒百虫之日。从这一天起，天空与大地不再像冬天一样彼此沉睡，安静自守，而是地气逐渐升腾，与天空下降的气流在空中相遇，阴阳交合，雷电相击。其威力声震于天，又流贯于地，泥土深处沉睡的种子与冬眠的动物都从长长的梦中被惊醒过来，在日渐温暖的阳光抚慰下，纷纷发芽，出洞、钻出泥土。大地从此生机勃勃，活跃起来了。

从春到冬，一个个节令就像时光深院的一道道门槛。庭院深深，一重门里，一重风光。

惊蛰之后，就是暖风和煦，花光水光交相明媚的仲春了，也是乡下开始犁田春耕的日子。

白水明田，细雨纷飞，时有白鹭同雨燕在空中低低掠过。老农斗笠蓑衣，一手执鞭，一手扶住犁铧，与黝黑的老水牛一前一后。行经过处，一块块黑亮的泥土被翻卷过来，一行又一行，整整齐齐，像海浪、像诗篇，闪着油亮的光。

我撑着雨伞，独自走在从矿山医院回官庄小镇的长路上。穿过山谷，穿过田野。我记得今天是惊蛰日，眼前浮现起父亲生前耕田的背影，鼻端似乎又嗅到了家乡新耕泥土与青草混合的奇异芬芳。

那芬芳，是早春田野特有的气息。

然而，在湘西这片山坳里，没有人耕田，也没有人养牛。几片窄窄的菜地，用锄头挖挖就可以了。我的眼前，依然是雨雾迷蒙的山峦，是烟雨朦胧中，满山凄迷轻寒的翠竹林同松树林。昨天是如此，今天也是如此，节令并不真的像门槛那样界限分明。

可是是什么，是什么使那氤氲的雨雾，使那萧萧的树籁，都成了化不开的春愁？

那春愁流经我的心田，又从我的心田流出，弥于山谷，无边无际……

我有些想念家乡广阔的原野，想念那雨后夕阳笼罩的、有老农犁田的原野。

2014年3月9日　晴

草　花　坡

今天是个难得的、久雨之后新晴的好日子，阳光柔和如蜜，暖风如熏，气温在一天之内升高了许多。

久雨之后，山谷的草径还是松软的、潮湿的，脚踩下去，草皮下含着的水还会被挤出来，浸湿鞋边。草坡上、溪沟边，青青的野草们得了这些雨水的滋润，得了阳光的温暖，一日之内，疯长了一寸。相比前两日，山谷里明显多了一股浓郁的青草气味。这是泥土、阳光、雨水、青草与野花混合的香气，是早春特有的气息。甜润、清新，让人迷醉。

能让大地一日之内返青，能让草木如此疯长，是三月的阳光特有的魔力。

三月的阳光就像一位刚做母亲的年轻妈妈，恬静温柔，慈和如蜜，她伸出万千温柔的触角，摩抚大地。草坡上、溪沟边的青翠小草——盘根草、细茅、婆婆纳、小毛茛、满天星……全都是她稚气可爱的孩子，蹒跚学步的孩子。这些孩子们向着它们可爱的妈妈，高举双手，一路欢欣地奔跑。

我选了一块干净的石头坐下来，我想伴着草坡上这些小野花们安静地坐一会儿。婆婆纳的小蓝花、黄鹌菜的小黄花、还有一种长细绒毛的野草开着小白花，小小的草坡像一块安静的，铺满碎花的小草甸。我坐下来，这些黄的蓝的白的小草花，就全都仰着它们圆圆的小脸，甜甜地望我笑了。它们都还认得我。我虽然变老了，快要变成了它们的老奶奶了，可它们还是认得我，认得我只有它们那么大的时候，曾是它们亲密无间的好伙伴。

2014年3月10日　晴

山谷鸟音

相比一个月前，天亮的时间至少提早了十分钟。

我六点三十分跑完步，再花十分钟爬上山顶凉亭时，东边山头淡青的天幕上，已经透出了一抹极淡的蔷薇色云霞。或者说是淡淡的樱花色还更为贴切吧。

霞光迅速驱散了大地黎明的暗影，也唤醒了林间宿夜的鸟儿。它们拍打着被露水濡湿的翅膀，开始了一天的清唱。它们用欢欣的清唱来迎接美好的一天，可是在我听来，它们都宛若密友，是为了迎接我这个山林早客，才特意早早啼唱。

春一天天深了，鸟声已经密集起来。

在冬天极寒冷的日子里，山上的鸟儿是不叫的。我从不知道这些留鸟是以怎样的心情和耐性来熬过寒冬，那想必是段苦日子吧。要随着春荫的一寸寸加深，林间的鸟声才会密集起来，欢欣起来。

每天早晨入山，我都至少能听到四五种不同的鸟叫声。一种"叽叽、叽叽"，一种"滴儿、滴儿"。发出这两种叫声的是一些小黄鸟，也许就是小黄鹂和小山雀吧。这种小黄鸟数目最多，竹丛里、松林里、脚边的灌木丛里，无处不听到它们在叫。《诗经》里"葛之覃兮，施于中谷，维叶萋萋。黄鸟于飞，集于灌木，其鸣喈喈。"说的也就是这种鸟儿。这种鸟儿体型小巧，叫声清丽婉转，脆音娇嫩，只要站在山谷里听一听这种鸟声，就已经足以荡尽凡子心头的尘埃了。

还有一种咕咕鸟也开始叫了。那"咕咕、咕咕"的叫声总是会从比较远一点的树丛里传来，声音有一点沉闷、厚重，让人猜想这种鸟的体型也会比较大。也许是这种鸟对人的警惕性比较高，才从不在离人近的树丛里叫吧。我想，那或许就是被人们唤作"鹧鸪"的鸟儿吧。

还有许多鸟儿的叫声，或远或近，或尖锐或清脆，我根本无法用语言去模拟，却又禁不住要从它们的叫声里去揣摸它们的心情。

每听到林间这些鸟儿欢欣的啼叫，我就替它们欢喜。它们终于熬过了寒冷而漫长的冬天。春天来了，属于它们的好时节来了，它们过上富足的、恋爱的好日子了。

鸟儿们才是这个山林的主人，它们见证和书写着山林的故事。它们比我更熟悉每一缕霞光的穿透，比我更熟悉每一颗露水的降临同每一棵草木的生长。

它们欢喜，我就欢喜。

2014年3月11日　阴

山　樱

一夜之间，山上的山樱花全开了。

昨天上山时，还不见山樱花呢。她们可真是天上的玄女，一夜之间便降下凡尘。

樱花一开，山林就生动了，充满灵气了。就连天上的云朵和山谷的溪水也都明艳活泼起来。

山樱俗名野樱桃，山樱花也叫樱桃花。山樱花是单瓣的，同桃花很相似，但花期比桃花早，颜色也比桃花淡很多，是极淡的粉红色。

山樱花那白中透粉的娇嫩花瓣，那露水般的淡淡清香，都像极了少女粉嫩的腮颊，让人爱极生怜。我踮起脚，小心翼翼地伸手折了一枝，想要拿回山下去插瓶。

折取樱花要很小心。樱花极易凋落，折枝时如果碰得重了，那些花瓣就会纷纷掉落。

山樱花的花期很短，只有三四天。樱花凋谢时，满树樱花会雪片似的随风纷纷扬扬，无声飘落。山径上、草坡上，亦会落满片片花瓣，那场面真是动人心肠。所谓"樱花胜雪"，说的就是那样的情景。

特别醉心于樱花的美，是缘于数年前看过的一部日本电影，片名就叫"山樱"。影片讲述的是日本江户时代一个小村庄里的故事。开篇的画面是初春时节，一位身着和服的美丽少妇去墓地上坟，看见山谷里樱花都开了，伸手想折一枝，够不着。这时，身后突然出现了一名男子，伸手帮她折了一枝。这男子是村子里的一名武士，一直暗暗关注和喜欢她。在女子成婚之前，他曾向女方提过亲，可因男子家里只有一位寡母，配不上女方的家世，亲事似乎是被女子的母亲拒绝了。女子对此略有耳闻。

女子回家之后，非常小心的把樱花插在一只素简的瓶子里。

目前的婚姻已经是女子的第二次婚姻了，丈夫粗暴、贪婪、媚于权贵，婆母刻薄、冷漠。女子过得很克制，很努力，却一点也不幸福。她从弟弟口中得知，那帮她折过樱花的武士自求婚被拒之后，一直单身，也一直暗中关心着她。她忘不了武士那充满爱的眼神，忘不了那错过的姻缘。

当朝权贵为了自己的私利，制定新政加重赋税盘剥村子里的农民，本来就极度困苦的农民再也无法生存。当武士亲眼看到一户农家的老人小孩被逼得活活饿死之后，终于忍无可忍，挥剑将那名一手遮天的权贵杀了。武士被投进了监狱。要到来年春天，才会对武士的生死进行最终审判。

在武士被投进监狱之后，女子同丈夫之间的矛盾也终于被激化。女子回到了娘家。

在静静等待武士最终审判的日子里，女子心中的爱也渐渐明确和坚定起来。

又是一年樱花开放，女子再次来到去年那株樱花树下。她伸手折下一枝樱花，怀抱着它坚定地走向樱花深处武士的家。

武士的寡母见到女子，樱花一样灿烂地笑了。她以无尽的爱的胸怀接纳了这名女子。于是，她们俩生活在一起，怀着心中对武士坚定的爱，共同静静等待着最终审判的到来。

其实，无论审判的结果怎样，女子的心都是坚定的了。对她来说，只要能守护着心中的爱，独立、坚强、有尊严的生活下去，纵然一辈子孤独，也是幸福的。

影片的节奏深情而缓慢，就像樱花一样，忧伤、唯美，却又充满生机和希望……

今年，这片山谷里比去年又多了两株樱花树。它们在山谷的另一个方向，在一片竹林的下方。我指给志勇看。

清晨的薄雾里，那两株樱花树如同姐妹，牵手连成一片，灿若淡淡朝霞。

就像我不知道山樱花是如何一夜之间开放的一样，那两株樱花树，我也不知道它们是如何生长出来的，去年还不见它们呢。

在这片山谷里，山樱树就同爱情一样，它们都有自己的生命，会自己生长。

蕨

肥短的紫蕨一夜之间钻出了泥土。

刚出土的蕨芽呈紫褐色，短茎肥嫩粗壮，头微微弯曲如小蛇头。它们是如何从腐叶里、从枯草中一夜之间冒出来头，如同大地射出的一支支箭矢，那是山林的秘密。

山林每时每刻都在新生、都在创造。寂静的山林里有着太多的秘密。

腐叶、泥土、酥软的阳光、和煦的春风；还有那些云霞、露珠、飘落的花瓣同清澈的溪流，它们全都是这些秘密的制造者、合谋者。它们共同扼守着山林的秘密，轻轻合唱着一支辽远的、生生不息的歌……

肥嫩的蕨芽是早春山林馈赠给山里人餐桌上的礼物。它们藏在同样是紫褐色的腐叶里、枯草里，同大地的背景一个颜色，是不容易被发现的。可一旦弯下身子，贴近泥土，就会发现满山坡都是它们的身影了。长一根，短一根。赶紧采摘吧，趁着它们最脆嫩的时候。再过几天，蕨芽弯曲如小拳的头伸展开来，变成翠绿的羽状复叶，茎也由紫褐变成绿色了，那个时候，蕨就老了，不能吃了。

山里人同山林里的各种植物都是知己，他们懂得野菜，也爱吃野菜。蕨芽原本非常苦涩，是牛羊都不吃的东西，可是山里人把它采摘回来后，用烧开的水焯过，焯去表面的绒毛、滑液同苦味，再辅以腊肉炖火锅，或拌干红椒清炒，味道却很美妙。

有一回，矿山来了几名来考察的外国客人，食堂炒了蕨菜招待他们，我们的女翻译一时想不起"蕨"的英文单词，想了想，就用英语说："这是一种非常古老的原始物种，是三千多年前就已经存在的孢子植物。"外国客人一头雾水，举箸踌躇。大家不由得都笑起来。

啊，原谅他们吧，他们不生在我们的民族，不知道早在我们的《诗经》里，就有"陟彼南山，言采其蕨"的句子。他们不会懂得我们的饮食文化，更不会理解这样富有诗意的野菜。

"陟彼南山，言采其蕨。未见君子，忧心惙惙。"

只是轻轻吟咏这样的诗句，我就仿佛看见了在酥软的春风里，在山苍子同野樱花开遍的山坡上，采蕨的女子是如何汇成了一条长河，滔滔不绝，没有尽头。

那也是一支辽远的，生生不息的歌……

蕨菜上了餐桌之后，一场属于春天的野菜盛宴就正式开始了。椿树芽、野胡葱、芥菜、地米菜、春竹笋等，都会紧跟而来。

阳光柔软，春风和煦，这是一个出门踏青，采摘野菜的好季节。

2014 年 3 月 16 日　　晴

山谷花事

今天是入春以来晴得最好的一天，阳光有了灼人的热力，气温高达二十四摄氏度。

厚外套穿不住了，我只穿了一件翠绿的羊毛衫，陪着好不容易得了半天休息的志勇，沿着溪水深入山谷，一路寻幽探花。

山峦已经变得苍翠了。如蜜的阳光轻泻下条条金线，吻抚着树木之巅嫩黄的新芽，在茂密的竹林里闪烁又跳跃。

黄鹂鸟正在两岸婉转娇啼，溪水一路唱着轻灵的歌……

山谷里生机盎然。

沿着溪岸缓缓行走，时能逢一树树山樱花。远看，那粉白如雪的樱花衬着青山、映着溪水，灿烂若云霞。可待我们走近，却发现樱花都在谢了。在樱花树下稍稍多站一会儿，就会不时见到有三两片花瓣突然挣脱枝梢，无声飞入溪中，逐水一路远去，仿佛去奔赴一场远方的约会。

它们的辞别是那么轻盈、无声，生怕惊扰了山林的幽静。

它们相约着奔赴前去的远方是哪里呢？

美丽的青山、稻田、菜畦、夹岸的花树与鸟啼一定都只是它们沿途的风光。它们要去的远方，一定是一个更为遥远、更为美丽和幽静的所在，是一个值得它们不远万里去朝圣的地方。

在充满生机的山林里，就连落花也不是什么悲伤的事啊。

梨花正在盛开。

梨花多开在路边农家院子里，或在屋前，或在屋后，为庭院增添无限春光与生机。谁家的院子里若有这样一树梨花，必会引来蜜蜂嗡嗡飞舞，也会引得过往路人仰头驻足。

梨花洁白清雅，娇柔胜雪，你不能盯着它细看，看久了，花瓣中那些细细的顶着绿色小帽的花蕊仿佛无数小精灵，都在对你娇柔诉说，那可真能撩拨你最柔软的心肠。

桃花开得晚一点。沿溪所见的桃树，大多才刚刚打上花苞。只有特别性子急的两三朵，才等不及率先跃上了枝头，像是从哪里飞来了几只花蝴蝶。

春天所有的花里头，桃花才是最美的。只要桃花一开，一溪春水便生动起来，风情万种。

我打开相机的微距，对着那三两朵桃花拍个不停。可是对着它们看得越久，我就越是不能明白，它们是从哪一段时空的黑暗深处，像飞来的蝴蝶一样突然飞来这枝头的呢？

又是哪一缕柔软的春风，从一个什么样的远方为它们捎来了这样美丽的颜色，这样绝妙的香气呢？

哦，嘘——别出声，就让我在一朵桃花面前停留得久一点，再久一点，直到它们肯开口告诉我所有的秘密为止。

2014年3月19日　晴

春风是你的样子

在早春，最让人感觉身心酥荡的就是柔媚的春风了。它酥软、明媚，含着草木湿润的清香，当它从面颊轻轻拂过时，就仿佛是少女馨香的肤发拂过了面颊，让人的身心都欲随之化了去。

可是我却不知道风从哪里来，又要到哪里去，不知它长什么样子。直到我在池塘边遇上一树新柳，才情不自禁地笑了："原来你在这里。"

风若有形状，池塘边的新柳就必是春风的样子了。你看，那柔嫩的绿绦一条条、一缕缕，随风轻轻摆动，依依含情，可不就是裁剪出来的春风的样子吗？

这只是一部分的风，是一些调皮又多情的风。它们遇上池畔杨柳就不肯走了。它们对它们的风伙伴说："你们先走吧，我们要在这里待一阵，过一段时间再来追赶你们。"

这是常有的事，每年春天总会有许多贪玩的风要因这样那样的事掉队的。风伙伴们习以为常，宽容地笑笑，走了，不等它们了。

这些春风就这样住在了杨柳枝上，悄悄茁出雀舌一样娇嫩的新芽，又在新芽间吐出一串串鹅黄花蕊。它们在柳枝上幻化出自己的真身，垂下自己丝丝缕缕、娇嫩柔美的身段。它们喜欢自己的样子，每日临水自照，轻轻摇摆。

谁都喜欢它们的样子。随着春荫一寸寸加深，小鱼儿和小蝌蚪来了，在它的波影下游来又游去，舍不得离开。堤岸不远处一瀑黄藤花也开了，引来几只蜜蜂与白蝶，绕着柳枝飞来又飞去。黄鹂鸟也飞来了，立在枝头婉转娇啼。

大人来了，小孩儿来了，一对一对的情侣也来了。他们在日渐浓深的柳荫下流连又流连。

可春风是不肯久住的。等过些日子，杨花落了，杨花开过的地方结起团团白色柳絮，春光就老了，要让位给夏天了。这些风也就要走了，它们化身为白色柳絮，要飞走了。

也许有很多人没有真正见过柳絮吧。我也是某年暮春，同志勇开车经过常德的柳叶湖畔，时有白色柳絮如棉似蛾，团团扑向我们的车窗，一个城市几乎都因那些轻盈飞舞的柳絮而柔情似水。那时我才知贺铸的"若问闲情都几许？一川烟草，满城风絮，梅子黄时雨"竟然也是写实。

不过那些愁啊绪啊可都是词人的事，我看见的柳絮可没那么多忧伤，它们只是玩够了，要去追赶它们的风伙伴了。它们在空中团团滚滚，呼朋引伴："走啰，走啰，我们走啰！"

当然，那是要过一段时间才会发生的事情。目前，时令才近春分，杨柳才刚刚垂下新枝，杨柳岸一派鹅黄与嫩绿。这可正是池畔新柳最为娇美的时候。

春分

2014年3月21日　晴　春分

春以今分

春分节了。

昨天下了雨，今日新晴，阳光不烈，真正的柔和如蜜。

春天就是这样的，雨两日，晴两日，或者一日里也是微云浓暖，时阴时晴。正是春天这种特有的柔和，才不会灼伤大地上新生的嫩芽和花朵。

春分，春以今分，到今天为止，春天就刚好过去一半了。史书有载：春分者，阴阳相半，昼夜均而寒暑平。在这之前，春天的面目还不太分明，天气乍暖还寒，这之后，气温就稳定下来，大地上繁花似锦，春天将真正热闹起来。

为这一个特殊的节令，原计划是应几位好姐妹的要求，要在家里好好准备一桌晚宴，请她们来家中小聚，共度此春分佳节的。然身体忽染小疾，聚会的日期只好再往后推了。

卸下了准备菜肴的重任，又身体不适不想出门踏青，倒真正闲下来了。

我把花草都搬到阳台上去享受春阳。

海芋叶片阔大如扇，在阳光的照耀下如翡翠一样透明，叶脉也变得清晰无比。看着它们在微风里轻轻摇摆的样子，觉得它们的内心也一定无比喜悦欢畅。

海棠一年四季开着花，花形娇媚，红艳如少妇脸上的胭脂。

君子兰同风信子也都抽出了花苞。再过几天它们可就要开了。

还有吊兰、玉树、观音莲，我把它们也都搬到阳光能照到的地方。我喜欢看着柔和的春阳在这些绿叶上流连舞蹈。

安顿好这些花草，再为自己煮了一壶安化黑茶，端到书房里去看书度日。

书房正对着后山山谷。窗外新阳妩媚，青山幽翠，一树晚樱花还没有谢，正灼灼闪耀在山腰。黄鹂鸟在窗外轻柔啼叫。窗下白兰花也还没有谢尽，微风不时送来阵阵暖香。面对这样闲适的绿窗，虽然身有微恙，心情竟也恬淡如水了。

有人说，养花草的女人是寂寞的，阅读和书写的女人是寂寞的。可是，不养花草，不阅读不书写的女人就不寂寞吗？如果这就是寂寞，我倒宁愿享受这样的寂寞，与自己，与自己容身的这个世界宁静相处，在阅读与书写里，去感受时光的静美和生命的广阔。

这样悠闲的春日，才是我喜欢的春日啊，也是似曾相识的春日。这是此刻，却又仿佛是时光深处某个似曾相识的日子的再现，就好像我一生的时光，其实都只是在这样春风酥荡的光阴里度过，从来未曾有过别的时光。

真愿意就这样一直坐在书房里，阅读、书写，看着窗外翠色一寸寸加深，任自己随着春荫一寸寸老去，任春风涤荡我的骨骼，任鸟雀来我的发间做巢。

2014年3月23日　小雨转晴

菜地里的花世界

微雨过后，梨花谢了。树下青嫩的绿草上托着一层雪片似的白花瓣。

树下的菜地里，油菜花还开得正好。雨水洗过后，簇簇花朵越发黄得明艳了，金粉粉的。

我喜欢看山里的油菜花地，一个个整齐的金色小方块镶嵌在青山脚下，像是小学生用最明亮的水粉黄画出来的方块画，俏丽又精致，不比平原地区，动辄万亩油菜花地，满目金黄，让人眩晕。

紧邻油菜花地的一畦萝卜菜也开花了。萝卜花是白色的，老去时略带一点粉紫。萝卜花也好看，像一群干净朴素的乡下姑娘，引得几只菜粉蝶也飞来了。

油菜花地同萝卜花地的地垄松软又潮湿，地垄上又厚又密的青草正疯了一样往上长。蹲下细看，这地毯一样的青草上正密密盛开着一层细碎的小草花。白的、蓝的、黄的、粉的，星星点点。它们躲在油菜花萝卜花的植株下，构成另外一个更为寂静、更为幽秘的花世界。

春天的菜地，竟然是一个立体的花世界。

这些细碎的小草花里头，我叫得出名字的有开蓝花的婆婆纳、开黄花的小毛茛与黄鹌菜、开白花的地米菜同满天星，还有穗状花的牛筋草。有些名字是我百度查来的，比如婆婆纳。

在我还很小，刚刚能跟在奶奶脚边在菜地里玩耍的时候，就非常喜欢婆婆纳的小蓝花了。我觉得那每一朵小蓝花里面都藏着一个秘密的小故事，美丽极了。问奶奶那是什么花，奶奶笑，说："不知道，反正是些满天星。"

我的小脚奶奶把所有叫不出名字的小草花都看作是大地上的小星星。

我毕竟不甘心。多年后，当我终于在百度上搜到"婆婆纳"这个名字时，不禁哑然失笑，心想怎么会是这么奇怪又有趣的名字呢，是因为它们像乡下老婆婆们纳出来的碎花鞋垫吗？

我的小脚奶奶像一朵草花一样贴近泥土，与菜地里的小草花们相识相亲了近百年（我奶奶活到九十六岁），虽然还是叫不出它们的名字，可是在我看来，婆婆纳的每一朵小蓝花里，早已袭上了我奶奶的灵魂。我只要一看到婆婆纳，就会想到我的小脚奶奶，她们同样的亲切又朴素，就好像我奶奶还一直住在那细碎的小蓝花里头，还像当年种菜时那样笑脸盈盈，从来未曾远离。

地垄上这个小草花的世界是幽静的、卑微的，也是怡然自乐的。它们不会羡慕山外的世界，不会知道什么飞机失联、火车站砍人、毒鼠强中毒，也不会知道什么股市、房价、雾霾。可是那样的世界会比这个小草花的世界更快乐吗？

我知道，在这个世界上，人类的许多错误，许多邪恶，其实都只是因为人不肯安静下来而造成的。

就像我的小脚奶奶一样，像一朵小草花一样，贴近泥土，宁静生活，不去为过分嘈杂的世界再多增一份喧嚣，不是很好吗？

山间云岚

夜里又落过雨了。

早起上山时，路面是湿的，空气中含着清新水汽，树叶上悬垂着露珠一样的雨滴。间或一两滴雨珠从高处树叶间落下，滴在额上，清凉又舒适。

天空还积着雨云，一团一团，靛蓝的积墨一样，凝滞不动。其实它们是在缓缓飘移，也在悄悄改变形状，只是不太容易发觉罢了。

缓缓登上山顶凉亭，极目四望，所见则又是另一番仙境般的景象了。

天已亮，露出鱼肚白的天空，靛蓝的雨云成团成块，散布在淡白明洁的天幕之下。天空下是乳白色的云海，起伏叠嶂的峰峦全都浮起在云海中，只露出一个一个墨影般青黛的峰顶，庄严静默，如同处子。

靛蓝的雨云同靛蓝的峰峦相互映衬，淡白的天空与乳白的云海连成一片。这是仙境，是一幅绝美的水墨画卷。我呼吸着这样的美，感受着这样的美，却无法用任何语言去描述。

在永恒的美的事物面前，我总是只能瞠目结舌，一次又一次感受到自己的贫弱与苍白。

我有些后悔没有带相机上来。是嫌跑步时揣个相机在兜里有些重，不方便。再者，也是因为我明白，就算我能拍出这些云岚峰影的色与形，也拍不出它们蕴含在静默中的神性。

还有什么，能比雨后山间的云岚更美呢？它们从树梢、竹林、村庄和田野里缓缓飘移而来，薄如蝉翼。青翠的树木衬托得它们洁白轻盈，有时又似给它们染上一层翠色。它们结伴而游，不时改变着形状，渐渐汇聚在山腰，汇聚成远处那哲人般宁静的云海。

它们就是山林草木的呼吸，是山林神性的吐纳。

我真希望我可以飞起来，飞到那云海里去，飞到那峰峦里去。

即便不能飞，我也希望我至少是一个高明的画家。那样，我就可以一直坐在这个红色凉亭里，用长毫蘸着墨汁，对着眼前这天然的水墨画卷，不停地画呀，画呀，直到画下它们所有的美。就算是对着画一辈子，那也不会厌倦的。

我想，画出来的或许会比照片美一点。

可是我既不会飞，也不会画，这样的事我只能充满遗憾的想一想。我没有任何办法能留住这些稍纵即逝又永恒的美。

下山的时候，稀疏的、豆子样的雨滴又落了下来。

2014年3月26日　晴

菜　粉　蝶

春分过后，天气一天比一天暖和。黄昏经过菜地时，我看见萝卜花地里有了白色的菜粉蝶在翩翩飞舞。

菜粉蝶也像白萝卜花，轻盈飞舞的白萝卜花。

前两天我就看见这些菜粉蝶了，也是在萝卜花地里。但是春分之前我没有见过它们的身影，我确信这些蝴蝶是在春分之后才出现的。这说明从蛹化成蝶需要足够的温度。

相对于旁边的油菜花来说，这些菜粉蝶似乎更喜欢白萝卜花。

是因为白萝卜花同它们颜色相近的缘故？还是因为它们嫌油菜花的香气太浓郁，会灼伤它们娇嫩的身躯？

蝴蝶应当是世上最轻盈的昆虫了，比豆娘还轻。有了这些轻盈的白色菜粉蝶成双成对在菜地里飞来飞去，春天可就真的浪漫起来了。它们是爱情的圣物，是只以露水和花蜜为食，不惹红尘，不理俗世的圣物。

在柔和如蜜的春阳下，它们只管相亲相爱，成双成对飞过田野、飞过溪水、飞过花丛……

只有它们，才配得上《梁祝》。

虽然在整个春夏，我们都可以看见菜粉蝶在阳光里翩翩飞舞，可实际上，一对蝴蝶的寿命只有十天左右。这是我从法布尔的《昆虫记》里知道的。

时光如此美好，生命如此短促，朝夕相爱尚嫌不足，还遑论其它呢？

相爱吧相爱吧，我亲爱的人。可不要辜负好时光。

2014年3月27日　晴有阵雨

蛛丝之光

早起上山时，经过林木深翠的小道，一根横过道路的蛛丝撞在了我的脸上。

看来，今天我又是第一个上山的人了。

蛛丝是这两天才明显多起来的。是因为又到了蚊蝇交尾产子的温暖季节，草丛里的细蚊蝇已经明显多起来，小蜘蛛们也就变得更勤快了吧。

蜘蛛种类繁多，它们几乎能在一切地方结网。檐下、山洞、水坑、稻田、树林、草丛。林间的小蜘蛛们自然是喜欢把网结在灌木的细枝和草叶上。

并不是所有的蜘蛛都能结出漂亮的网，有些蜘蛛只能拉出一根长丝，或是织出些形状不规则的小网。最善于织网的是一种肚子滚圆的黑蜘蛛。在我小的时候，我曾经长时间站在屋檐下，看那黑蜘蛛如何从肚子下吐出一条白玉丝，飞快地来回爬动织网。也看那黑蜘蛛如何躲在暗处，等一只飞蚊或一只绿头苍蝇一头撞上蛛网时，它们飞快地爬过来吐丝将其紧紧缠裹，如缠木乃伊一样，直至确定它的猎物再也无力逃脱，才会不急不忙把它们当成美食慢慢去享用。这种蜘蛛织出来的网图案完全对称规律，如八角阵，又如辐射状的迷宫，是最漂亮的陷阱。

今天早晨，我蹲下来查看的这张蛛网也是完整又漂亮的，它被织在两茎碧绿的茅草叶上，在露水里轻微颤动。

蛛丝原本无色透明，细弱无物，可是在清晨，每根蛛丝上都凝结着露水，透映着霞光。对着霞光看过去，那一根根有弹性的蛛丝也就变得晶莹闪亮，充满灵性了。

清晨是一个充满神性的时刻，霞光犹如圣辉，山林中一切被它照耀的事物都会充满灵性。

在这样神性的早晨，露水、蛛网和青草，它们一齐端坐在微风里，迎着霞光微微摇摆，合奏着一支愉快的春之晨曲。

其实，我每天能够亲近大自然的时间，也就是清晨的这半小时而已。可是已经足够了，足够让这些微物之光永恒地进驻到我的心里了。

那只织网的小蜘蛛呢？忙了一晚上，躲在哪里小憩去了吗？

2014年3月29日　晴

刺梦儿花

时令已近清明，这个季节走进山林，满目都是新绿的树。新绿的树冠衬着春阳，碧如翡翠，比花还要好看。

山苍子花已经谢尽了，树梢缀满簇簇新叶，如同停立着满树绿鸽子。

山樱也已是叶繁枝密，撑一树嫩紫的浓荫。

最好看的是水杉树，树干高大条畅，新茁出的羽状复生的针叶如同鸟儿张开的翠羽，柔软娇嫩。

新茁水杉树的绿是所有绿色中最为碧翠的，如莹莹的祖母绿，让人看着无比欢喜，就好像心里也有那一团莹莹的绿色在滋长。

金色的阳光就在这些新生的嫩叶上跳跃，在浓荫下的小径上投下闪烁不定的光斑。山林像是沉浸在一个幽深如蜜的梦境里，绿荫清凉，花香流淌。

在大树脚下的灌木丛里，在这幽荫的梦境里，有一种带刺的柔嫩的野荆条，开一朵朵纤弱的细小白花。那就是刺梦儿花。

刺梦儿花纤细单薄，细嗅才有很淡的香气。那花和香气都安静得像一个小孩子的梦。

刺梦儿又叫三月泡、刺泡、野莓。刺泡和野莓应当算是比较形象和科学的命名。因为刺梦儿的藤蔓是有刺的，它的浆果成熟时，像是一个个小水泡聚成的小圆球，所以刺泡是一个比较形象的称呼。而它成熟时红红的藏在荆棘丛里，样子又有点像草莓，叫它野莓应当也是合适的。

刺梦儿成熟的季节是在初夏，那是我们儿时一旦遇见就绝不肯放过的美味。它熟透的时候饱含汁液，要用两根手指小心地轻轻摘取才不至于将其捏破。吃到嘴里酸酸甜甜的，吃得多了，那汁液会将嘴唇都给染红了。

至于我的家乡，会什么要叫野莓为刺梦儿，我就不得而知了。是因为刺梦儿开花的时节，正值"暖风熏得游人醉"的季节，人人都像是浮在一个轻柔的梦里吗？

一种熟悉的树木和花草，知道名字与不知道名字，感觉是不一样的。不知道名字的植物，即使再熟悉，也会觉得同它隔着一层。而当你对着喜欢的花草，能够轻轻唤出它的名字，就像轻唤着爱人的乳名时，那感觉自然就更亲密了。

"刺梦儿"就是野莓的乳名。刺梦儿花就像我已故多年的母亲，像我童年的姐妹，也像童年的我自己，那么单纯，那么慈凉，又那么安静。

我的母亲是爱吃野莓的。在山冈上劳作时，看到崖坎上有红红的野莓，母亲必会放下锄头去摘了来，唤我们姊妹地垄边同食，休息。灼热的阳光将母亲的脸晒得红红的，额头发际线上渗着细密的汗珠。

我在心里轻轻唤着"刺梦儿花"的乳名时，仿佛是山冈上我劳作的母亲又回来了，仿佛是我的母亲又在唤着我的乳名了。

刹那间，那些失去久远的温暖，失去久远的眼泪，一下子全都来到我的面前。我仿佛又跌入了家乡山头那个绿光幽幽的旧梦。

2014年3月30日　晴

椿　芽

温度一天比一天高了。

阳光的万条金线如泼雨一般，尽情倾泻在大地之上。

大地如同一床厚厚的绿毯，草色堆积，碎花流淌。

各种野菜也在这个季节纷纷登场了。野芹、胡葱、芥菜、地米菜、马齿苋、春竹笋、椿树芽……

一场春天的野菜盛宴已经正式开始。

走过菜市场，街角边的大姐又开始叫我："来，小妹，买我的'春天'回去吃。"

我春夏秋冬一年四季买她的菜，她看见我就叫："小妹，来，买块腊豆腐回去吃。"

"小妹，来，买我的莴笋回去吃。"

我总是受不了她的诱惑。她笑盈盈叫我"小妹"许多年，都要叫成亲人了。

我莞尔一笑，蹲下身子细细挑选她所说的"春天"。

"春天"即是椿树芽，香椿树的嫩芽，正确的发音应该是"椿巅"才对。但我喜欢听当地人叫它"春天"，这听起来就有春风的酥软明媚，身心都欲随它化了去。

大姐的"春天"是才从自家椿树上割下来的，叶面开始发青，背面仍是微红，三五枝芽儿用根细稻草松松扎成一小把，仿佛怕捆疼了它。

不要责怪大姐捆得太少了。早春树之嫩芽，乃天地精华，谁能舍得多割？

从矿山广场散步去半山亭，山坡拐角处就有几株高大条畅的椿树。早春几天温柔的南风吹过，椿树就在满目朝阳里举一树嫩芽，让人疑是早春花开。我想象卖菜大姐举一长竹竿，竹竿顶端绑一弯刀片，站在大树下仰头细心割取椿树芽的样子，该是怎样满心温柔？那是《诗经》般的美好。我只觉得几千年来的早春时光里，都应该有着这样一个割椿的女子。烂漫的春心，是可以放得进所有时光的。

也不用担心她会割得太多，她日日与大自然相亲，更懂得与树木的相处之道，不会为了一点小利把树割秃的。

我买一把椿芽回去，解散开来，在清水里摆摆洗净了，切细成末，再打两个鸡蛋拌匀，在锅里煎了，煎得两面微黄，满室生香。

椿芽野性霸道的香气与鸡蛋的细腻结合，是无法言说的香、脆、爽。

亦可只拿清水将椿芽洗净，不要切碎，整枝放在烧开的水里焯一下，看着它由微红变为翠绿，清清爽爽，整齐地放在白瓷盘里，拿热油淋了，再从坛子里舀一勺鲜红灼灼的剁辣椒淋上。红绿相衬，十分好看。夹一根吃，那脆生生的香气野气爽透肺腑，会令你回味三日。

椿芽煎蛋端上桌，看志勇吃得心满意足的样子，我心中暗自得意，他可吃得出我烹调"春天"时的无限心意？

2014年3月31日　晴

菜地丰饶

下班之后，太阳还没有落山，夕阳余晖正笼罩着大地。

一个人沿着山脚下的菜地慢慢回家。

油菜花已经快要落尽了，植株上结满了嫩绿的籽荚。这些油菜花早春的娇艳芳华还恍如昨日，可这么快就成熟了。它们现在的样子更像是因子而自足的母亲，有了那一低头的羞涩与温良。

萝卜花还在开。先开的萝卜花是白色的，老去的时候渐变为淡紫，皆简静而朴素。

几只白粉蝶亦如萝卜花，正在夕阳笼罩的菜地里翩翩飞舞。

天就快黑了，这些白粉蝶看起来可是一点也不着急呀，它们不要回家么？

哦，连茼蒿也开花了。我前天才吃过茼蒿的，这么快就老了呀。

茼蒿的花很好看，单瓣圆形的盘状花。花苞未完全舒展时像一个个小黄球。完全盛开后的花朵是粉黄色的。再老一点时内圈是粉黄色，外圈就变成白色了，看上去，像一只只小小的菜盘子，又像是一朵朵小小的向日葵。

每种花都有自己特别的样子，每种花都那么漂亮。造物主真是神奇又慷慨。

最像蝴蝶的花是那些豌豆花了吧？

豌豆花是紫色的，两片大的浅紫花瓣夹着两片深紫的小花舌。那两片大的浅紫花瓣就像蝴蝶翅膀一样纤薄，而且脉络分明，立起来就像是要飞的样子。

满畦翠绿青嫩的豌豆藤，落满一大片翩翩欲飞的紫蝴蝶花，会不会把那些飞拢来的真蝴蝶给弄糊涂了呢？

看蝴蝶同豌豆花那么亲密的样子，也许它们真是同类，懂得彼此的语言也说不定吧？

好几个农人正在菜地里弯腰劳动。浇肥、拔草、锄地，都各干各的，像大地一样沉默着不说话。外套已经热得穿不住了，扔在地垄上。

他们得赶在太阳落山之前，把活儿都干完了。

有好几块新的地垄被翻耕了出来，匀细的黄土松软如酥，平平整整。有农人正弯腰在上面种着什么。

他们种的是什么呢？辣椒？茄子？四季豆？

不管种的什么，过不久，他们总会有丰厚收获的。菜地从来没有吝啬过给农人的赐予。

每天清晨，这些农人都会把这块菜地里带着露水的新鲜蔬菜挑到菜市场去卖。茼蒿、芹菜、冬苋菜、芫荽、菠菜、莴笋，全都是这个季节里我最爱吃的菜。同事们见我每天买一大包蔬菜，笑我真能吃。她们不知道，我每天买菜时，恨不得还多长两张嘴呢。

这些脆嫩的青蔬在春天的暖风里一天就老一截，不赶紧吃可就赶不上了。

2014年4月1日　晴

山矾，一株开满白花的树

这几天，山道拐弯处，有一株开满繁密白花的树，浓密的树冠遮蔽了道路。每天早晨上山时，我总要忍不住抬头望望它。志勇经过时，也总会情不自禁地深吸一口气，赞说："好香啊。"

这种花的香气之浓，真可以用一个"烈"字来形容。

我们俩都很奇怪，去年春天怎么没见过这株开满白花的树呢？这么大一棵树，肯定不会是一年之内长出来的新树吧。

山林就是这么神秘，就算我日日上山，自以为对山上的一草一木都熟悉得像亲人了，可它还是会给你一棵花树突然现身的奇迹。

早几天注意到这棵花树时，花树浓密的枝叶间还只是缀满了玉米粒一样的白花苞。几天之后，花苞全打开了，一朵一朵小白花挤挤挨挨，簇拥成团，每朵小花里头，都有二三十根细细花蕊呈放射状张开，且每根花蕊都像小火柴头一样，顶着一头娇黄的花粉帽子，娇媚极了。它的花形就同梨花一样，可梨花虽然也是白色，花蕊上的花粉帽子却是绿色的，所以梨花显得更清雅一些。

站在这棵树下细嗅，会嗅到一种初夏时分特有的，类似水蜜桃般的水果清香，也如青涩少女神秘的发肤之香。我想了很久，也想不起那究竟是哪一种水果的香味。我确信我之前从未见过这种花树。

今天早晨，花已经开始谢了，树下的石子甬道上落满一地的细碎白花瓣。我也在这个早晨突然醍醐灌顶般想明白了一件事情，一株树从幼苗长成一株开花结果的成熟的树，是需要数年时间的。比如俗语说"桃三李四"，种一棵桃树要三年才开花挂果，李树则要四年。那么，这一株开满白花的树当然不是突然出现在这里的，只不过今年才是它第一度开花，所以我才第一次注意到它。

而且，我终于于昨晚在百度上查到了它的名字，叫"山矾"。山矾，多么形象又好听的名字呀！

知道了它的名字，它就真的好像变成属于我一个人的花树了。我拿着相机给它拍照时，忍不住在心里对它说："嘿，站好了，我的小山矾。来，笑一笑，我要给你们拍照了。"

我突然想，要是我也能变成一朵小山矾花，藏在这些花里头，那多好哇。等会儿志勇下山经过时，我就悄悄对他吐出青果一样的香气。他一定会说："哇，好香啊。"却不知道那花里头有我。

可我刚这么一想，就仿佛见到山矾花们一齐伸出小手挡住我，尖叫道："不要不要，你太笨重了。"

所以，志勇下山的时候，没有看到我变成山矾花，看到的还是我笨重的身躯站在花树前拍照。他说："走哇，回家煮饺子去。"

我对他嫣然一笑，默默跟他下山，心里却怅怅的，觉得好无奈。你看，在这个早晨，我心里有这么多爱，给了花，给了草，给了树，却还是多得用不完，可又不能把自己变成花，要怎么办才好呢？

2014年4月3日　晴

映山红，开在时光深处的艳

后山上第一朵杜鹃花开了。

晨起上山时，在熹微的晨光里，在苍翠的灌木丛中，蓦然见到一片粉色的云霞，犹如时光深处突然飞来了一群鸟。我心里一惊："哇，杜鹃花这么早就开了！"

然后，我就在那片粉紫的云霞旁边，看到另一种艳红如血的红杜鹃也打了上花苞，尖尖的花苞像毛笔头，又像一支支燃烧的红烛焰。

这后山上就只有这两种野生杜鹃。野生杜鹃属于多年生灌木，杂生于山崖苍翠的灌木丛中，枝柯一人多高，枯虬如舞。四月开花，花多而叶少，状如飞鸟，极妖娆而野性。相形之下，花圃里培育的观赏杜鹃就是端庄淑女了。观赏杜鹃的花期要晚一些。

过两日，那艳红如血的杜鹃花也就要开了。红杜鹃满山开放时，远远望去，艳如青山苍翠肌肤上的点点鲜血，最让人触目惊心。

杜鹃花一开，杜鹃鸟也要开始声声啼唱，春就真的深了。

艳红如血的红杜鹃，俗名又叫"映山红"。知道这个，那是在十年以前。

十年前，我来到这个大山里还不太久，还是个年轻的妈妈，除了上班，每天只以相夫教子为乐事，不与他人多交往。我的隔壁，住着一个同我儿子一般大的小女孩。有个周末，小女孩去深山里她外婆家玩耍，回来时叩开我的门，怀里抱着一大抱几乎同她人一样高的映山红，说："何妈妈，映山红，送给你的。"

映山红多得将她浸着汗珠的小脸都给遮住了。

我是从平原来的人，那是我第一次认识映山红。

我蹲下身子接过花，再将她那小小的人儿一把抱起来。然后，我就看见她的父母款款走上楼梯，出现在了长廊上，正望着我深深地笑，说："她在山上时就说，一定要采好多好多的映山红送给隔壁何妈妈。"

不管过去多少年，只要看到山上映山红开放的时候，我就总会想起那笑脸盈盈的小女孩，和她那款款深笑的父母。

那时的我，穿着宽袖窄腰的碎花民国服，笑靥如花，腰细如蜂，也正是爱哭爱笑，配得上映山红的最好年龄。

光阴流水。如今，我早已搬离原来居住的地方，小女孩也已长大外出求学，而我也已经华发渐生，年华老去。所有那些时光深处的艳，都如同这个春天里曾经开过的花一样，远去无踪。

再过几日，开得正好的映山红也就要谢了。从哪里来的，终究要回到哪里去，时光所给予你的，它必将全部收回。对此，我们无能为力，只能平静接受，慢慢等待。

....

附旧作：苍山杜鹃

　　人说杜鹃鸟啼血成花，不知是否确然。但如果坐在行驶的车窗里远远望见苍山灌木中那点点艳红的杜鹃花，你会觉得那真是滴落在青山苍翠肌肤上的鲜血。一定是只有这样乍现在青山灌木里的野杜鹃才会让你惊心。

　　总有些喜爱杜鹃花的人，不知道该拿那点爱怎么办才好，就把它拿来盆里栽，又培育出紫的粉的许多新品种，有的人甚至不惜毁掉大片山林，全种上杜鹃，最后却发现，这样弄出来的杜鹃花，怎么也不如深山里自然生长的好看。因为人类复制出的只是赝品，不再是上帝造物之初的真迹了，赝品相比真迹，失掉的总是那一缕生命的精魂。当然，大片的杜鹃花林还是有轰动效应的，能吸引大批游客，可那也不过是"陌上花开俗好游，满城仕女竞风流"，热闹是有的，只是看的已不是花了。

　　苍山里那艳如滴血的杜鹃，那一缕生命的精魂，总是会吸引你走近。可是望花成痴的人，要怎么办才好？有一个朋友甚至掐下花瓣吃下去，她告诉我杜鹃花是微酸的。可就算你抚遍每一片花瓣，数清每一茎花蕊，折一枝在手或是吃下肚去，它深深的笑容仍是让你无法抵达。

　　愈有亲愈有隔啊，只有这时候才明白，世间有一种美，有一种爱，令人绝望。

　　对花如对人。爱人深情的双眼也正是这般让你着迷，你看见你生命最甜蜜的答案就写在他幽如深潭的眼睛里，可无论你怎样凝望，怎样相拥，她仍是她，你仍是你。正是那一点永远无法消弭的阻隔成为爱情永恒的魔力。它让你疯狂，让你绝望，让你的心里奔涌出痛苦又甜蜜的泪水，引一代又一代人奋不顾身，前仆后继。爱情让人如此绝望，然而站定了回望，在人类历史的重重烟尘里，却唯有那些爱的篇章，美如苍山里艳红滴血的杜鹃，让人热泪盈眶。

没有爱过的人总在苦苦追问，爱过的人早已缄默不语。有人说爱是恒久忍耐，爱是恩赐，爱是信任，爱是包容。其实都不对，那只是相守之道，是对爱的呵护之道，与爱的本身，早已失之千里。真正的爱，只能无言。它在一切有情生命里昭然若揭，却又守口如瓶。天地无言，也只为守护爱的秘密。

与一丛杜鹃花长久的对视之后，你终于学会什么也不做，只是默默地转身离去。闭上眼睛，你会看见杜鹃花在你身后更深更美地含笑，苍山守护它，成为永恒。

2014年4月5日　晴　清明

清　明

　　清明是春天的一个节令，也是回乡祭祖扫墓的日子。清明一过，春天就只剩下最后一个月，也就是所谓的晚春、季春、暮春了。

　　"草树知春不久归，百般红紫斗芳菲。"这是一年中最美的一个月，所有的鲜草丰树都生怕赶不及，要争着抢着在这个季节里展露芳华。造物主这个魔术师，已不再保留和吝啬，向大地彻底倾倒了他的万花筒。

　　驱车在回乡扫墓的路上，但觉天地清明，风日和煦。从山区驰向平原，一路都如同是在翠色流淌的仙境里穿行。难怪人说："人间最美四月天！"

　　行道两旁，高大整齐的杨树、梧桐树全都缀满了铜钱般的簇簇新叶，绿如翡翠。

　　香樟已在不觉间将老叶悄悄替换，四季常青的树冠顶端新茁出一大段嫩黄新芽，换上了一层嫩黄的新树冠。亭亭如盖、林荫夹道，且一路开着细小芬芳的花。

山下茶林里，农人正弯腰采茶。

油菜已经落花结籽，远望一派青碧。

平原里点缀着红瓦白墙的小洋楼。洋楼前水田漠漠，时有青鸟和白鹭冉冉飞过。

在这样生机盎然的春日里祭祖扫墓，有种种生之喜悦充盈心间，确实能减少人不少哀思。这正是古人要把祭祖扫墓的日子定在"清明"这样一个特殊节令的用心与智慧吧？

看，山冈上，苍翠的灌木间，满山坡碎纸条一样的白檵木花、小绣球一样的喷雪花正开得如堆雪一样，热烈又灿烂，像极了坟头上的白色纸幡，仿佛青山也在替我们寄托一份哀思，也在替我们守护亲人。

终于抵达父亲母亲长眠的山冈，同志勇在坟前双双跪下，禁不住两行热泪在心中默默奔流。

"死去何所有，托体同山阿。"人世如此繁华，春光如此明媚，而我的父亲母亲，却只能永远长眠在这绿树环抱的青山之上，与清风相伴，与鸟雀相伴，与这些繁花野草相伴。

人间最无奈之事，莫过于阴阳永隔。这些苍山的精灵啊，美丽的精灵，就请你们替我好好看顾我的父母吧，为他们歌唱，为他们低语，同他们永相陪伴。

暮春之寂

　　打扫完屋子，在阳台藤椅上坐下喝茶时，才发现早晨已经现身的太阳不知何时又已隐去，天色阴了，淡淡的，舒适又柔和。

　　春天的天气，总是这样阴晴不定。今天是我休息的日子，暂时不想出门，只想舒服窝在家里，好好消磨这暮春的一天。

　　虽无艳阳，穿堂而过的南风却酥软怡人，阳台上的花草都在微风里安静生长，窗外小黄鹂正在花树上闲闲啼叫。

　　我取了安化的团饼黑茶，用茶刀剖开，一个人慢慢煮水冲泡。

　　忽然好想有一个朋友，能在这样的天气里前来与我相对而坐，共享闲暇。我不需要同他交谈什么，我只是想有这么一个人，能同我一起坐着慢慢喝茶，一起坐着享受春风，一起聆听窗外悠闲的鸟叫，一起看一朵雨云如何慢慢飘近我的窗前……

　　世人都在忙，这样的人不易得啊。

　　依然只能看书消磨时日。

　　起身从书房里取出《陶渊明集笺注》，重新回到阳台上慢慢看起来。看着看着，就觉得陶渊明如我的老友，悄然坐在了我的茶桌对面。

> "霭霭停云，蒙蒙时雨。八表同昏，平路伊阻。
> 静寄东轩，春醪独抚。良朋悠邈，搔首延伫。
> 停云霭霭，时雨蒙蒙。八表同昏，平陆成江。
> 有酒有酒，闲饮东窗。愿言怀人，舟车靡从。
> 东园之树，枝条载荣。竞朋新好，以怡余情。

人亦有言，日月于征。安得促席，说彼平生。

翩翩飞鸟，息我庭柯。敛翮闲止，好声相和。

岂无他人，念子实多。愿言不获，抱恨如何。"

你看，他的暮春之寂，他的东窗独酌，他的怀人之思，同我的居境与心境都何其相似啊。

读他的诗，如聆呼吸，如饮醇酒。

在我的内心里，我从来没有把陶渊明看成诗人。他在我心里，是同我父亲一样朴实的老农，是同我父亲一样亲切的长者。他也同我已故的父亲一样，日出锄地、种豆、遐思，闲时饮酒，偶尔吟诗。我甚至觉得那些诗也不是陶渊明写出来的，它们本来就在那里，就像豆子长在地里，他只是发现了它们，等它们成熟了就把它们拾取回来而已。

我读几行诗，又禁不住望一望窗外。小区院坪里，有个老奶奶正牵着她孙女儿的双手教她学溜冰；有个年轻的妈妈正用婴儿车推着她的孩子在散步，边走边哼着愉快的歌……

我忽然伤感起来。生命总是如此美好，又如此短暂，她们也像寂寞的陶渊明一样，像这个春天里无数开过即谢的繁花一样，如此美丽，却转瞬就将消失在时光的波河里。

在时光长长的波河里，所有的人生，奏响的都是同一支忧伤的调子啊。

我又何其能例外？这阳台上独自品茶读书，寂寞怀人的时光，亦不过是浮云一瞬。

不知何时，窗外忽然落起雨来。探头一望，老奶奶和年轻的妈妈也早已不见了。

陶渊明，你为何不能穿过岁月的波河，真来我的窗前呢？

雨中油桐花

连日雨水滋润，窗外山峦更加翠色欲流了。

忽然很想念山上的油桐花，那独自开在山坡上的油桐花。漫山潇潇的烟雨中，它们也在孤单的思念着什么吧？

油桐花就像我的姐妹，山中朴素的姐妹，童年一起长大的姐妹。

小的时候，村子里哪个男孩子调皮，读书不好，他父母就会恨恨地对人说："那是个爬桐子树的家伙。"言语里颇有恨铁不成钢的味道。逢那时，我们一群女孩子，就会乐得掩嘴笑。

桐子果鸡蛋大，成熟之后，能榨出丰富的桐油。湘西山区是盛产桐油的地方，也是早年山区主要的出口物资。在沈从文描写湘西的文章中，沅水上最繁华最令人向往的，就数那一只只装运桐油的麻阳大油船了。桐油具有很好的防水性，且有浓烈的自然芳香，用桐油油过的木船、房屋、水车、木盆等等一切木质器具，都绝不会渗水漏水，不会发霉长虫，且过多少年，都能保持木头黄亮的本色。可惜，现在都是用化学清漆替代了桐油，桐油已经式微了。湘西的山林里，油桐树的数量也大大减少，它们的辉煌也已成了昨日繁华。

我的家乡在平原，桐子树没有湘西山林多。我没有爬过桐子树，我只是喜欢油桐花。油桐树太高了，树上的花我只能仰望，摘不到。我捡地上掉落的花，一个人坐在树下玩。

对一个童年的小女孩来说，一朵花就是一扇阿里巴巴的门，常会带她进入时光的另一端，进入一个个忘却现实和自我的奇妙世界，给她带来无限安慰。

油桐花花瓣五片，白色，质地稍厚，摸上去光滑细腻，有如绸缎。花心肉红色，从花心渗出的一条条肉红细丝向花瓣上延伸，纹路极清晰，这使得白色桐花看上去也有了内敛的肉红色。所以也有人说，桐花是伤心的花，是心上默默流血的花。

我不愿意把一朵花想得那么悲伤，可油桐花确实不是什么热烈的花。四月的山峦里，她们显得朴素、内敛又安静。她们是大观园里那群地位卑微，又知事明理的丫头，没有华丽的绫罗与夫人小姐们争艳，但也衣着干净整洁，有着自己低调自爱的颜色。没有人关注她们的命运，关注她们的情感，她们自己珍惜自己，自己看重自己的心，于纷扰之外固守着一份属于自己的洁净、清雅、坚定和忠贞。

它们是安静自守的花，是贞静朴素的花。

撑伞入山林，但见细雨中，山峦苍翠欲语，道路旁的油桐花已经落满一地。

落在雨地上的油桐花，一朵一朵也还是完整的，鲜艳的，不肯那么快就零落成泥。

树上也还有很多花。花心微红。花瓣上凝结着雨珠，亮晶晶的，像露水，也像泪滴。

2014 年 4 月 13 日　　阴

春月朦胧

沐浴之后，刚在书房坐下来准备看会儿书，忽然就看到了书窗外的月亮。

月亮又大又圆，在对面松树林深青的天幕之上缓缓移动，几缕薄纱似的轻云笼罩其面庞，更为它增添了几分朦胧与妩媚。我心里一动，农历的什么日子了呀，月亮这么圆了。

忽然就不想看书了。我想出去走走，想去山上看看月亮。

衣服也没换，仍然穿着宽松的居家服，拿了钥匙，穿了软底鞋就出去了。这个时候，从小区背后的山道悄悄上山，是遇不上什么人的。

月色淡淡的，山上安静极了，就连一声鸟儿的啼叫也没有。

每日清晨，这山上的鸟儿叫得多欢畅啊。天还未明，它们就把天上的云朵、山上的野花和树木全从梦中给叫醒了。可这会儿，却连它们翅膀扇动和呼吸的声音也听不到了。它们睡得多沉。

山上的树木也都睡了吧。我对这山上的树木是熟悉的，在月光的暗影下，我也认得出哪棵是香樟树，哪棵是椿树，哪棵是山茶树，哪棵是山矾树和山樱树。

拐角处，一棵香樟微微倚靠着另一棵香樟，它们相互依偎的样子，那么甜蜜又那么安静。

香樟树这个时节正在开花。它的花像小小的田七花，又细又小，同树叶一个颜色，就算在白日里不驻足细看也是发现不了的。月色里，香樟花的香气真好闻，比兰花的香气还清雅好闻。

侧柏也很香，是略带刺激性的芬芳。

我一路仔细辨认着这些树木，缓缓向山顶攀缘。登上西山凉亭的时候，背上已微微出汗了。

月亮忽然隐到云层里去了，只有二十多棵黑松树耸立在对面东山崖，黑压压的。

我在凉亭里倚靠栏杆坐着，等待月亮再次钻出云层。

山上极安静，空气里含着花香，芬芳如水。白日里翠色迎人

第一辑 春

057

的灌木这会儿都变成满山深浅不一的暗影了。白色的金樱子花同喷雪花在这些暗影里也还分得出，它们是一团亮亮的灰白。

金樱子花正在暗影里散发着阵阵幽香。

山脚下的小镇灯火闪耀，犹如黝黯群山中含着一颗发光的夜明珠。我知道，此时此刻，那每一盏灯光下，都有一个温暖的家，都在演绎着一个或温暖、或苍凉的故事。那故事的主角，或者是一个矿工、一个菜农、一个哺乳的母亲，一个伏在书桌上的教师……此时，整个宇宙的奥秘都浓缩在他们各自小小的心灵里，在月光下像珠宝一样放着光芒。可是他们自己却浑然不知。

月亮终于又钻出云层了。

春天的夜晚多云，有暗一些的黑云，也有薄纱一样的轻云。圆圆的月亮就像一颗明亮的珍珠，又像一尾调皮的鱼儿，它一会儿钻进黑云里躲起来，一会儿又钻进半透明的白云里半遮半掩。一会儿又轻轻一挣，从薄纱似的轻云里完全跳脱出来，亮晶晶的，快活极了，就像在同我捉迷藏。

我看着看着就笑了。此刻，夜空如此安然静谧，唯有我们俩是清醒的、相知的、快活的。

"我们所爱的树木都在山上，我们所爱的亲人都在山下。"这是此刻我俩共同的秘密，是我们心上蜜一样流淌的秘密。

"嘘！"我仿佛看见月亮在对我竖起手指："千万不要说出来呀。"

2014年4月16日　阴　小雨

在所爱的事物里遇见自己

时光仿佛是握在上帝手中的一支画笔。他用这支画笔一天一天给山林加深颜色，改变细节。四月的山峦，已经是翠色堆积，绿光逼人了。那绿，一直滋生和漫流到人的心里、梦里。

清晨早起，但见细雨如雾，远处的林木同近处的竹林又静静沐浴在雨雾中了。白色云岚在山腰缠绕，轻盈如同仙人，染着翠色，提着裙裾，在林木间轻轻游走，生怕惊扰了什么。

鸟儿在林间叽叽鸣叫着，清丽无尘。

又是一个多么清新美好的四月春晨啊！

我一个人踩着清晨的露水，步行来了小竹溪的山脚下，沿着小溪缓缓行走，像林木一样自由呼吸、遐想。

"人在欣赏大自然的时候，会把心中最美好的东西拿出来。"这句话我不记得是谁说的，也不记得是在哪本书上看到的了。可是说得多好啊，说到我心里去了。如果我几天看不到这些生机盎然的植物，没有接触过清新美好的山林，没有感受过内心的甜蜜和愉悦，就会觉得时光过得多么潦草。

时光潦草的一天，就是虚度的一天啊。所有不曾愉快和认真度过的日子，那都不是真正属于你的。

已经是草木疯长，花事荼蘼的暮春季节了。溪水两岸的灌木、青蒿、野草和藤蔓齐人膝高，密不透风。白色金樱子花还在绿丛里零星盛开着，可是也要谢了。许多青色的小刺果已经藏在了棘藤间。

道旁的牛舌头草、野水芹、野麦娘，以及许多我不知名的野蒿野草全都在开花、结籽。

这是草木们最鼎盛的年华。

溪水在两岸花草的掩映下，沿着山谷淙淙流淌。其音之清同林间鸟儿的啼叫一样，空灵无尘，让人凡俗尽消。

我沿着几块小石下到溪水边，忍不住像孩子那样蹲下身子去掬那清水。溪水清澈透明，水底卵石被冲刷得干干净净，清晰可数。我没有见到游鱼和蝌蚪，只见到两只褐色透明的小虾趴在岩石上。我捡一粒小石子扔过去，它们就一下子弹跳开去不见了。

一只黑色水蜘蛛飞快游过来，流星一样划过水面，转瞬就不见了。它的轻功真好，划过的水面几乎连涟漪都不起，真正的"水上漂"啊。

这个季节里，草丛里的昆虫可真多，绿色的草蛛、红色的小瓢虫、褐色的小飞蚁、豆娘、蜻蜓、蝴蝶。只要肯蹲下身子，耐心观察，草坡里这个丰饶生动的秘密世界就是属于你的了。这些小东西们多快活呀。在贴近泥土，远离尘嚣的寂静世界里，一片草叶、一滴露水、一只昆虫，它们全都那么快活，都能清晰地印照出你的心。

溪水的一侧是山峦，一侧是菜地。我离开小溪，沿着田埂穿过菜地。

田埂潮湿松软，各种茂密的青蒿野草淹没了田埂，也没人胫骨。我每一脚踩下去，都是踩在厚软的草甸上，鞋子没有沾上泥，只沾上了草屑、花粉同露水。

菜地里夹杂着一些未开垦的荒地，野草葛藤乱生。

绿色的油菜籽荚已经饱满，沉甸甸的。

白中带紫的萝卜花还在零星的开，可是已经老态了。

一畦畦豌豆藤齐架高，藤蔓顶端还零星开着一些紫色的豌豆花，鲜活如蝶，而藤蔓下却已垂满饱满的绿色豆荚了。是豌豆上市的时候了。

新翻耕的菜地，泥土细腻酥软，有几垄地刚种上了玉米。新苗楚楚，纤弱堪怜。

一畦新种的四季豆也发芽了。新芽脆嫩的小圆叶像婴孩两片向上微举的手掌，迎着微风，迎着细雨，可爱极了。

辣椒。番茄。还有刚刚下种的花生。

过不了多久，菜地里就会是另一番景象了啊。我站在甜柔的空气里，仿佛已经嗅到了玉米同花生的清香。

我算计好了时间，穿出菜地，走上公路，正好迎来七点二十分官庄小区开往矿区的早班车。

小竹溪有一个站牌。车子停下，我从前门悄悄上车，汇入上早班的人群中。

我庆幸不会有人知道我是刚从菜地里上来的。

多么美好的清晨啊。

在清晨爱过这些美好的事物，就好像在心里贮存了充足的清泉，这会让我一整天都能保持洁净美好的心情，有足够的耐心和沉静来接待病人，来应对工作和日常生活的琐碎。

2014年4月18日　阴　小雨

山上的风铃

泡桐花开了。

泡桐花就是山上的风铃吧。

泡桐花有紫色和白色两种。紫色多见。

泡桐树树高数丈，多生于阳光明媚的高冈之上。四五月间，簇生于树冠顶端的一串串泡桐花，就像一串串风铃，俯瞰着整个山谷。

每次见到泡桐花的时候，我都会想，它们一定是有思想的花，是知道山外很多故事的花。

它们站得高，看得远。

还有那些来来往往的山风和飞鸟，也会把远方的消息捎给它们。

矿山办公大楼右边山坡的拐角处，就有一株高大的泡桐树。泡桐树对面的半山坡是一片墓地，碎石堆积，竹篁掩映。泡桐树下有一小块山下居民开垦出来的菜地。

有一个时期，当紫色的泡桐花映衬着对面墓地的青青翠竹之时，每天下班后，我就同从乡下来同我暂住的婆婆一起，迎着落日余晖，在那片菜地里种辣椒、种长豆角、种花生、黄瓜同番茄。那时候婆婆身体还好，翻地的力气比我还大，常常是她在翻地、除草、捉虫，我就像贪玩的孩子一样，在旁边拿着相机给菜苗拍照，给小草小花拍照，给菜叶上的青虫拍照，也给婆婆拍照。婆婆也像童年时我的小脚奶奶一样，望着我玩，笑眯眯的。

只可惜，那些短暂又美好的时光，就像花丛中翅光闪耀的蝴蝶，已经在黄昏落日里渐飞渐远了。

如今，婆婆已半身不遂好几年，拄杖才能勉强行走，多半时间都在轮椅上度过，日常的饮食起居都是请专人服侍。

自婆婆病后，那片山坳，那块菜地，我就再也没有去过了。可每到泡桐花开的季节，我总会想起拐角处那棵高大的泡桐树。它在黄昏中站立的姿势，它开花的样子，已经永远扎根在我的心里。

人生多少艰难困苦都不曾使我落泪，而一株开花的泡桐树却常会使我黯然神伤。

所有那些飘散风中的美好时光啊，都是那些风铃一样的花朵珍重收藏的人生故事。

2014年4月20日　晴　谷雨

谷　雨

谷雨是春天最后一个节令了，属于春天的美好时光只剩下了最后半个月。

我沏了一杯绿茶，斜倚书窗，静望对面山谷里金黄如蜜的阳光。

阳光如雨，山谷里绿影斑驳，浅绿的是日光，深绿的是浓荫，它们相互交叠、摇曳、舞蹈。山林仿佛是沉浸在一个绿影幽幽的梦境里。

黄鹂鸟在浓荫深处闲闲啼叫，声声不舍，充满了对春天的留恋。

回望这个春天，我知道我是幸福的，我就像一只野鸟回到了寂静的山林，在山林的怀抱里获得了新生。在对山林事物的观察和书写里，我逐渐体验到，一个人确实可以像植物一样简单生活，与草木虫鸟为友，与清风朝露为友，在自然的天籁里，聆听自己生命的清音如清泉一样流淌。

所谓素俭生活，并不仅是物质上的，更多是精神上的，是在明镜一样洁净的内心里，去体验生命的宁静、清真与自由，借以通达一个更为广阔的生命领域。

这样的生活是缓慢的、自由的、活泼的，也是充满诗意的，是一个人宁静的精神自修。

真愿意永远这样从容简净的生活着。

窗外阳光如雨的绿山坡和黄鹂鸟的声声啼叫，对我充满了诱惑。我放下茶杯，拿了小铲子，取出几十颗去年秋天收藏的牵牛花种子，上山去种牵牛花。

"谷雨前后，种瓜种豆"，我相信今天会是个适宜下种的好日子。

白色的金樱子花还在山坡上开着，水润的甜香引来蜂飞蝶绕。我不慌不忙，把牵牛花种子埋在任意一些我喜欢的小山坡或者大树下。

回到家，我又把余下的牵牛花种子全部埋在我的花盆里，又把花开得正艳的海棠剪下四枝，重新扦插了四盆。海棠很娇，我希望这些扦插的海棠都能成活，好让我分赠于人。

我在阳台上种了许多花草。能看到这些绿色植物在自己手中诞生、成长，看着它们一天一天的变化，是非常愉快的。你会觉得不管时光如何匆忙，不管世界如何芜杂，总还有一些美好的事物在只属于自己的角落里安静生长，总有一些美好的事物值得热爱和期待。这些美好的事物，能让你的内心变得同它们一样宁静和清新。

打理完花草，我取出针线，坐在翠色映染的书窗下，开始一针一线改制我黑底白碎花的旧夏装。

黄鹂鸟还在窗外闲闲啼叫着，一声一声向春天做着告别。

白鹭栖息的村庄

昨天下午又远足去了。

其实也不远，还在官庄境内。同志勇把车开过高华山之后便找地方停下，然后弃车步行。

这是一次没有目的地的远足。可是湘西的山林就有这样的好处，无论你在什么地方停下，都会是宁静优美、风景绝佳的好去处。

更何况是在这山林植物生长最繁茂的暮春季节呢？这个季节，满眼都是绿色，只要你肯进入深山，无论哪里都是翠色流淌、山花开遍，每迈一脚都是踩着画卷在穿行。

转过一道寂寂山湾，迎面忽逢一大片茂密楠竹林。竹林高耸云天，翠荫蔽道。林间许多新生的竹笋，长箭一样，褐色的袍衣未脱，却已冲得快同老竹一样高了。

楠竹笋生长的速度是惊人的。在落过雨之后的静夜里，凝神静听，能听到它簌簌的像雨声一样向上拔节的声音。新笋在一个短短的春天之内，就要长成一棵同老楠竹一样高粗的新楠竹，这之后，它的高粗似乎就会固定下来了，以后的一年一年，都只见它长枝变老，不见再长高长粗了。

一棵新笋是不是要在地下孕育很多年，才能蓄积如此惊人的能量呢？

穿过竹林，眼前豁然平旷，山谷里出现了一个宁静的小村庄。村庄里有农田、有茶林、有潺湲的溪水，有开花的油桐树，寂寂的木屋同沿路不绝的黄色野花。

只是不见行人。

油桐花寂寂守候在石桥旁，仿佛在等候远方的游子。桥下落满一地桐花。

溪水在山脚下一路清唱，空灵绝尘。鸟儿在两岸轻柔啼叫。一摊摊黄色芸实花开在悬崖上，临溪自照，灿烂如同瀑布。

映山红则艳红如血，藏在绿树丛中，时隐时现。

雨后空气，清新无尘。在这样的幽谷里穿行，就仿佛是在天地的心灵里穿行，感觉自己的心灵也被清新的空气洗涤过，清凉湿润、洁净无尘。

我不知道这个村庄叫什么名字，也不知道世上还有多少个这样世外桃源般宁静的村庄。只觉得在这里，没有一处不和谐，没有一处是败笔，没有一株植物不是被安插在最恰当的位置，却又时时给你惊喜。

几名农妇背着茶篓，在对面薄雾缭绕的山腰里采茶。她们躬曲的背影也与青山和谐地融为一体，寂然无声。

蓦地，几只白鹭从山脚下的水田里冉冉飞起，掠过茶林，悄无声息的消失在对面青山，悠然远去。

2014年4月29日　晴

造物的心

越来越喜欢独自漫步山林了。

有长一点的时间，我喜欢去得远一点，走得久一点，深入山谷去听听溪涧的流泉同林间的鸟鸣。我喜欢漫步山林时身心完全融入大自然的那种自由。在那样的状态下，心是澄澈透明的，有如天地之镜。阳光在溪水和绿叶上的跳跃、闪耀，树木在阳光下的喜悦生长，野花无声的绽放，全都会清晰地印照在我的心镜之上，贴着心壁与我亲切私语。

没有足够的时间，每日晨跑后花半小时上后山去看看林间的露水、云岚同日出，同山上的树木一起静静呼吸、遐想，接受晨光的洗礼，那也是我喜欢的，甚至是我每日必修的功课。

快入夏了，晨露很重。

拐上山坡时，听到近旁树丛里传来轻微的可疑声响，起先以为是有鸟儿在草丛里摩擦翅膀，再以为是竹笋拔节的声音，定睛寻找，都不是。驻足片刻，待声音再度传来时，我才明白是树叶上的露水重得承受不住，滴落下来的声音。

原来，在寂静的清晨，一颗露水的滴落也可以响动山林。

山林里到处都是露珠。

清晨的露珠是神赐的礼物，它们清明如同初生婴儿的眼睛，是山林里最清新的美。

看，那茅草叶细长，柔嫩而富有弹性，悬垂在叶尖上的露珠压得草叶像诗一样优雅地弯着身子，而那悬垂在叶尖上的露珠则像一颗颗晶莹剔透的水钻，随风轻轻晃动，久久的悬而不落。蹲下身子从不同的角度细看去，那露珠就像吉普赛女巫手中的水晶球，能倒映出天空、树林和朝霞的镜像。

没有感觉到风，却有一片白刺花瓣无声飘落下来，落在结满露珠的茅草上，轻柔如梦。

白刺花就是金樱子花。正是金樱子花谢幕的时节了。山坡上、树脚下、草丛里，到处可见它们白玉般零星的倩影。

白刺花瓣也有同人一样的心吗？在寂静无人的山谷里，它们静静的开放，又静静的凋谢。在这个过程里，它们有过怎样的期待，怎样的爱恋，最终从时光里带走的，是山林的什么故事呢？

山苍子成熟了，在枝叶里悄然散发异香。刺梦儿也成熟了，像一颗颗诱人的红宝石躲在低处棘丛里。

在这里，在山林寂静的角落里，一片落叶、一枚野果、一滴露珠、一株默默结籽的草花，它们全都是有心的，全都饱含着造物主造物的无限深情。

我常常会想，那位神奇的造物主，是有怎样一颗多情而高贵的心呢？在他的创造里，每一样事物都有着不可复制的绝美，有着同人一样丰富而幽微的情感，它们用它们自己的语言，动容地向你讲述着生命精微的奥义。

第二辑

夏

立夏

2014年5月5日　阴　立夏

黄鹂鸣夏

"春归何处？寂寞无行路。若有人知春去处，唤取
归来同住。

春无踪迹谁知？除非问取黄鹂。百啭无人能解，因
风飞过蔷薇。"

山谷一生最慕东坡，他亦才高，作词喜桀骜健语，雄健豪放，
但不如东坡通达洒脱。可他这阙惜春小词却写得极为清新明丽，
为他词中异品，让人一见便爱之不舍。

这几乎是我最喜欢的写初夏的小词了。你看，蔷薇已属夏日
之花，"百啭无人能解，因风飞过蔷薇"，笔锋只是这样轻轻一转，
时令就同黄鹂一道，从暮春飞到了初夏。

"惜春长怕花开早"，回顾这个春天，那么多的新芽、野草、

繁花，那么多的新生命就像长了腿的精灵，一个劲儿在大地上奔跑、疯长。如今，那些溪水一样在大地上流淌过的鲜花全都已经谢了。

它们是从时光的暗处来的，终究又回到了时光的暗处。

时光如同美人啊，无论我怎样挽留，也牵不住她离去的衣袖。

清晨，同志勇走在香樟夹道的山径上，已经感觉初夏的山林有了不一样的味道。有满山草木湿润的芬芳，有秘密幼果青涩的气息，也有了野蔷薇的淡淡甜润。相比春天，植物生产的速度也已经缓慢下来，山林由春天的肆意疯长转为了内心的成熟，开始暗藏果实，开始隐藏秘密。

这，也是爱情开始成熟的味道吧。

缓缓行走在山径上，只觉得夏日时光依旧如此轻盈美好。"要珍惜时光啊，珍惜时光。"我对自己轻轻说。

2014年5月7日　晴

芭　蕉　林

入夏了，芭蕉林里的芭蕉终于展开长长的丁香结，长成了亭亭的美人。

初夏的阳光似乎也格外青睐这些初初长成的少女，在林子里流连不去。修长又阔大的芭蕉叶被阳光映射得莹翠透亮，叶脉清晰可见，仿佛可以看得见绿色的血液在其间流淌，看得见阳光的金线在里面闪烁。

人的血液是红色的，植物的血液就是绿色的吧？

阳光的金线在叶脉里闪烁跳跃，仿佛是有神明在其间与之缠绵、爱恋。

有一个词叫"光合"，指的就是这种绿液与阳光神性的结合吧？

阳光会让一切被它照耀的事物都充满神性。

这些阳光下的芭蕉叶绿得那么欢喜，又那么好看，真想裁一片下来做夏裙啊。

我总是一来到芭蕉林里，就再也不想走开了。芭蕉林里含着水汽的绿叶被阳光晒暖，散发出水润的淡淡清香，有着让人迷醉的魔力。

要是能在这清香的芭蕉林里坐着睡一觉，做一个绿色的、荫凉的夏日长梦，梦到自己变成道姑，变成仙人，那一定很美妙吧。

那样的话，我也就成了"蕉下客"，恐怕要同探春一样，被黛玉笑话成蕉叶下的麋鹿了。

能做一只蕉叶下悠闲的麋鹿，那多美呀。

2014年5月8日　　晴

松林一角

后山上有一片松树林，树林里浓荫深翠、光影斑驳，幽静如同仙人居住的绿色宫殿。那宫殿里，有一个石桌和一圈石凳，在这松香如蜜的初夏时节，那是同世外仙人下棋、看书、喝茶的绝好去处。

我只有一个人，没有人同我相伴下棋，便只好携了茶和书，独自去那里消磨时光。

松树高大条畅，林间空地上落满了厚厚一层褐色的松针同松花的茸，松香弥漫，怡人心脾。金色的阳光一条条、一缕缕，斜斜穿过松枝投射到地面，光影摇曳。

野草、野花、细细翠竹，都从这些多年积存的厚厚松针里钻了出来，迎着阳光投射下来的条条金线喜悦生长。

一段腐朽的木头上，生着两朵暗红蘑菇，像两只偷听的小耳朵。

蛇莓很多，红艳艳的，像妖精的眼睛伏在草丛里，一门心思等待着那些前来贪吃的蛇。

蛇莓美艳，是有毒的，人不能吃。可是我也从未见过有蛇来吃蛇莓。

爬山虎、雷公藤、鸡矢藤，它们随便攀住什么小灌木，就一个劲儿地缠着绕着往上爬。爬到高处，就昂起头，要看看远处的山谷里有什么。

我携带的书是《陶渊明集校笺》，繁体竖排。诗还没看几行，温柔的南风又送来了远处野蔷薇的甜香。

在这片山谷里，有很多野蔷薇，白色的居多，粉色的比较少。粉色的大概多生长在溪边吧。野蔷薇香气浓郁、甜润，类似成熟少女发肤和脂粉的神秘气息。在郊野，整个的五月，都会因这种香气而梦幻、迷醉。

一只小黄鹂从树枝飞到林间空地，转动着明亮的黑眼珠朝我望。那眼珠清亮，像童年的孩子一样好奇、天真，仿佛是在告诉我，它也同孩子一样知事，懂得我心。我老盯着它看，它便"叽"地叫一声，飞到高处树枝上躲起来，不再理睬我了。

高处的树枝上，还有许多小黄鸟在闲闲啼叫，声音全都那么清丽好听，没有一丝杂质。它们仿佛都在嘲笑我：你那么心猿意马，看什么书呢？

我自嘲地笑笑，眼睛回到了书页上。不知什么时候，几只粉色的小虫子爬上了我的书页。

那是一种粉色透明的小蜘蛛，身子比我书页上的句号还要小。与其说是蜘蛛，其实就是针尖那么大的一滴血而已。可是它们却在我的书页上爬动得飞快。

我想这些肉眼几乎难见的小蜘蛛应当是从头顶上的松树花里掉落下来的吧。因为它们与松树花的茸是同一个颜色，那一定就是从松树花里长出来的。

我忍不住拿手指轻轻一按，书页上就留下一个比针尖还小，几乎不可见的小红点了。

想起前些日读韦应物诗集，里头有一首韦应物答谢东林居士寄赠松英丸的诗：

"碧润苍松五粒稀，侵云采去露沾衣。
夜启群仙合灵药，朝思俗侣寄将归。
道场斋戒今初服，人事荤膻已觉非。
一望岚峰拜还使，腰间铜印与心违。"

松英丸是用松树花炼制的药丸，道家认为久服可以轻身延年。"苍松五粒"即是指松英丸。

谁能想得到呢，就是我头顶松树上这些褐色不起眼的松花茸，居然亦是仙家灵药，且为文人隐士间互赠往来。古人风雅，真是让人空林怀想，可慕而不可追呀。

2014年5月9日　阵雨

认识了一棵新树

　　日日与这后山耳鬓厮磨，对山道旁什么地方长着一棵什么样的树木，它们的表情，它们站立的姿势，甚至它们每天的生长和变化，我都是熟悉的。它们在山上生长，同时也在我的心上生长。它们就像是我的孩子，闭上眼睛，我也能想起它们的模样。可是，大部分树木我都只能靠面目和气味同它们相认，是叫不出名字的。

　　有一种树，样子很像椿树。春天，它发出的新芽也同椿树芽一模一样，是微红的，我很奇怪为什么会没有人割来吃。志勇说："不是椿树嘛。你闻闻，香不香？"我摘下来闻，果然没有椿树芽的香。我说："那也许是臭椿树？"

　　随着季节加深，山上的树木一天天变得枝繁叶茂，几乎所有的树木都在开花、结籽。昨日黄昏上山时，闻到山上一股异香，搜寻一会，志勇指着那棵样子像椿树的树说："好像是它开的花香。"那绿树浓密的枝叶间，缀着一串串浅黄色极细小的花，凑近去细嗅，果然非常香。香味吸引来许多非常细小的黑色蚊蚋。

　　我仍然说："好像椿树哦。"

　　这时候，有几个中年男子正从山上下来，恰从我们身旁经过，听到了我说的话，其中一人便笑道："这是漆树。怎么会是椿树呢？"

　　"漆树？"我同志勇异口同声地问，感到十分惊讶。

　　"是啊。漆树，油漆的漆。"

　　几个人边说边下山，转过山脚就不见了，留下我望着他们的背影呆了老半天，对他们佩服得不得了。心想："学林业的吧？"

　　回到家里，打开电脑百度搜索"漆树"，电脑中描述的漆树果然就是这个样子的啊。

从书架上取下《本草纲目》，翻到"漆树"条目，原来里头也有记载：漆树高二三丈余，皮白，叶似椿，花似槐，其子似牛李子，木心黄，六月七月刻取滋汁，金州者为上。李时珍说："漆树人多种之，春分前移栽易成，有利。其身如柿，其叶如椿。六月取汁漆物，黄泽如金，即《唐书》所谓黄漆。入药当用黑漆。"

庄子不就是曾为漆园吏么？

可以割出漆汁来的树，我以为会是多么珍稀难得，哪想得到它其实也是那么平凡，山上到处都是啊。

这也就像那些声名赫赫的人，其实往往也是有着最普通的面目和最质朴的情怀吧。

2014年5月10日　雨

槐花与苦楝

从官庄坐车上沅陵，公路两侧最多见的，就是一树树的槐花同苦楝树花了。

五月的山峦翠色深积，已经没有桃花樱花杜鹃花那些颜色艳丽的花树燃杂其间了，只有路边这些低调朴素的槐花同苦楝树花在唱着主打。

槐树同苦楝树皆高达丈余，寂寞生于道旁。槐花白色，蝶形，成簇成串垂于浓密的枝叶之间，洁白清雅。苦楝树花则是极淡的紫色，或者叫雪青色，远远望去，就像一树冷冷燃烧的火焰。

她们都是细碎而安静的花，不与青山争夺颜色。

槐花是可以食用的花，可用来做汤，焖饭，做槐花糕。也可以垫在屉笼的纱布上蒸馒头。蒸出来的馒头里会有淡淡清雅的槐花香。

槐实也是可以吃的。《本草纲目》里说槐子久服可以明目益气，延年益寿，头发不白。还说槐是虚星的精华，十月上巳日采子服用，可去百病，长寿通神。

槐花虽好，然而让我更情有独钟的却是苦楝树的花。

苦楝树花低调的冷色，隐忍的安静，似乎都像极了我的内心。我每见着一株苦楝树安静的生于道旁，像一树冷色的火焰默默燃烧着内心的炽烈，我就有见着了自身宿命的伤感，仿佛是见着了世间的另一个我自己。

如果每个人都有一棵生命树的话，也许苦楝树就是我的生命之树吧。

可是我从来不会去打扰一株苦楝树。我从来都只是远远地、默默地注视它。就算是从树下经过，我也只是沉默地仰头驻足一会儿，然后再默默走开，不会像见到别的花树那样去拍照、流连、攀折。我不愿意打扰一棵苦楝树，就像不愿意打扰自己的命运，不愿意打扰世间的另一个自己，不愿意打扰自己内心深爱的人一样。

是要走过许多路，经历许多沧桑，才能学会远远地，不去打扰地爱一些事，爱一个人的。

此刻，我安静地坐在车里，看着车窗外青山疾逝，翠色涌动，一树树槐花同苦楝树花从眼前安然掠过，只觉得世界如此贞静又美好。

可是谁又能明白，此时我的心，在青山寂静的翠色里，是涌起了怎样的沧桑，怎样辽远的温柔与感动呢？

2014年5月11日　晴

雨后山林

春天的雨水总是淅淅沥沥，温柔多情，似乎生怕伤害了大地上刚刚苗起的新苗。一入夏，雨水可就猛烈得多了。这是因为山林的植物在此时都进入了生长的成熟期，就如同是即将步入成年的孩子一样，所以要给它们严厉的锻打，才能让它们具有更强健的生命力吧？

连续两日大雨，日夜不息，电视里报道有许多地方都暴发了山洪，引发了山体滑坡。

望着窗外如烟的雨幕，听着窗外咚咚不绝的雨声，我可以想见附近山林里，所有的溪沟都涨满了水，奔腾喧哗；也可以想见岩层深处大树的根须正如何努力往深处延扎，紧紧抓住岩石和泥土，且将泥土中多余的水分吸收进树身，暂时贮存起来。

树木是山林的孩子，也是山林的主人，在暴风雨来临的时候，它们会主动担负起保护山林的责任。

山体滑坡，大多都是因为山林过度开发，大树被过度砍伐的结果。

今日一早，雨就停了，如蜜的阳光重又温柔地倾泻在山林里。天空与山川历经了这场劫难，变得更加昭明与洁净了。

同志勇缓步上山，只觉得山上空气越发清新无尘，林木更加苍翠欲流。经过了一场与暴风雨的搏斗，这些树木似乎也都长长地松了口气，变得轻松又愉悦了。山茶、香樟、漆树、榉树、松柏，它们全都迎着阳光，愉快地散发着这两日贮存在身体里的多余水分，绿叶上一层油油的水光。

灌木丛里，白色的野蔷薇也并没有被连日的暴雨打坏，太阳一出，它们又展露出洁净的笑靥。而且，香气更加甜润了。

小黄鸟们也欢喜雨停了，叽叽叫唤着，从这棵树跳到那棵树，有时又跳到林间空地上来啄食草籽。经过一场雨，丛林里越发温暖潮湿，食物丰富，这可正是鸟儿们哺育产子的大好时机。

植物吐纳出来的水汽在林间蒸腾，白雾缭绕，恍若仙境。

多么美好啊，五月雨后的山林。

2014年5月14日　阵雨

白　丁　香

骤雨初歇，暗云停驻低空，凝滞不动。白色云雾萦绕山腰，缓缓游走，洁白轻盈。

适逢休息，我换了便鞋，缓步上山。山谷幽静，寂无行人，只有鸟声清音相随。

雨才刚刚停歇，满山树木，到处挂着雨珠，晶莹剔透。不小心碰落一颗滴到额上，有着浸润心田的凉。

今夏雨水多，总是这样时雨时停，气候也舒适宜人。在这样雨润清凉的山道上缓缓行走，心房也仿佛被雨水洗过一样，甜润清凉，只觉得这满山的云雾都是我的，这满山的树木都是我的，都是我的密友和知交。

转过山脚，忽逢好几株开满细小繁花的绿树。繁花洁白如雪，成团簇拥树冠，如同一群雨后突然从某处逃出来的山野精灵，趁着山谷无人，大胆地在这里爱恋欢喜，静静散发着清雅的芬芳。

"白丁香！"我几乎是脱口而出。

其实这之前我并不认识白丁香，可是一见它们的面，我脑海里就忽然冒出这个名字来。

这雨后初开的素馨小花，犹如邻家少女被泪水洗过的脸庞，洁白清雅，楚楚动人，还有什么花能比它们更配得上"丁香"之名呢？

一提起"丁香"，就总会想起戴望舒的《雨巷》：

> "撑着油纸伞，独自
> 彷徨在悠长、悠长
> 又寂寥的雨巷，
> 我希望逢着
> 一个丁香一样的
> 结着愁怨的姑娘……"

丁香花花期五月中旬到六月中旬，与初夏的雨水有着不解之缘，它们只有极细小的四片花瓣和两根细蕊，的确如小家碧玉，柔美堪怜，可是在我眼里，它们却并不像戴望舒的《雨巷》那样愁怨。我手扶花枝，近嗅它清芬的时候，看到的依然是隐藏在它生命内核里的悄然欢喜，是小小的、呼之欲出的生之愉悦。

在我眼里，山林里的事物是没有悲伤和愁怨的，它们彰显的永远都是永恒不竭的欣然生机。

正是这生机，滋养着每一个走进山林的人。

也许，所有的事物彰显的都是观物者自己的心情吧。我看山林没有悲伤，是因为我的内心也没有悲伤。山林美好的事物滋养了我，我感觉我的内心也一直有一株绿色植物在生长，如同被雨水洗过的丁香，如同缠绕山间的云雾，同样的宁静、轻盈，有着难以言说的美好和欢愉。

2014年5月15日　晴

花露之晨

进入夏季，天亮得早了，我起得也更早了，每天五点半就起床了。

跑完步上山，天便亮了。

久雨新晴的黎明，天空澄澈明净，如同被擦亮的镜子。山谷照例极安静，林木荫深，泉水叮咚、空气清新如水。

鸟儿们也起得很早，它们从巢中醒来，纷纷扑动被露水打湿的翅膀，开始以晨间的清唱来迎接山林的日出，迎接它们一天的新生活，也顺便的迎接了我。

蛛丝很多，凝结着露水横在路中央，一不小心就会撞到一根在脸上。

路边的野麻、青蒿都齐人腰高了，擦身而过时，蒿叶上的露水会扫湿了裤脚。这些青蒿在朝露里散发出一股浓郁而清苦的药香气，沁人心脾。

经过昨日才认识的丁香花树时，倍感亲切。丁香的白花瓣里，也贮积着珍珠一样晶莹的露珠。我仰头轻轻啜饮了一颗，冰凉的水滴顺喉而下，清凉、微甜，稍后又觉得有微微的苦。

也许是我自己口腔里的苦吧？

为了确认露珠的味道，路过野茶树的时候，我又啜饮了一颗鲜嫩的茶叶上的露珠，感觉同丁香花上的露珠味道一样。

也许是我的味蕾不够敏锐，分辨不出它们细微的差别吧。

踩着露水爬上山顶凉亭时，霞光已临照山峰。山谷里依然静谧无人。站在山顶凉亭远望，但见群峰如黛，半接着霞光明艳的云天。雾气已没有昨日深重，白色云雾低沉下来，汇聚在起伏叠嶂的群峰之间，凝滞不动，静若云海仙界。

那云海里，正是神仙居住的地方吧。在清晨静谧又空灵的气氛里，我总能感受到神明的气息。那气息，清灵唯美如朝露。

山林的境界，永远是如此丰盈、空阔，澄明又洁净。我实在无法用任何语言来描述。也许，这就是禅宗所讲的"空"，就是道家所讲的"静"吧。

一座山林所给予人的启示，实在比所有的经书还要多。

我张开胸廓，像做瑜伽一样，深深地吐纳呼吸，感觉山林的清芬之气已流遍全身。身体仿佛已变成透明的，可以同着山上的树木、峰峦、云海一道，迎着霞光静静飞舞。

2014年5月18日　阴

溪边枫杨

停下车，进入村口，最先映入眼帘的，是村头那株高高的枫杨树。

骤雨方歇，空气湿润微凉。村庄栖隐在山谷，翠色幽深，水光明滟，只有不多的几栋黛色小木屋依偎在青山脚下，宁静又安详。那株站立村头的枫杨树高达丈余，树冠浓密荫深，高高撑向天空，遮挡了半条溪水，仿佛是这个村庄最沉默的宣言，是这个村庄的守护神。

这是我同志勇随意进入官庄境内一个小村庄时见到的情景。

我不知道这个村庄叫什么名字。在高大枫杨的守护下，这个不知名的小村庄显得更加幽静清凉了，如同仲夏的一个翠色幽深的梦境。这个安静的小村庄正沉浸在这绿色幽梦里，寂无行人，只有一个穿红衣服的小女孩同她的小弟弟正在枫杨树下玩耍，玩那些从枫杨树上摘下来的绿色翅形荚果。

我悄悄举起相机，把这一幕收在镜头里。

枫杨树爱水，又名水柳，多生于池塘或溪边。枫杨树的树干粗壮，但极易中空，成不了木材。然而中空的树干并不影响枫杨树的寿命，它依然可以枝繁叶茂地生长很多年。

它是长寿的树，是生命力极强的树。

每个古村，都会有一株像枫杨这样的老树。那或许是一株古枫、一株水杉、一株银杏……

一株老树，就是一个村庄的灵魂。一个没有老树的村庄，是一个没有灵魂的村庄。

童年时，在我家乡的小村庄里，也有那么一株高大的枫杨树，家乡人叫它柳树。它长在我上学必经之路的一个池塘边，树下是一座青石板桥，桥下溪水淙淙。那树高达数丈，树冠高耸云天，中空了的树干要几人合抱才能抱得过来。它是哪一年生长在我们村庄的，村子里最老的老人也说不上来。每到五月孟夏，那枫杨树冠的浓荫便会遮蔽了宽阔的青石桥同半边池塘。青石桥下的溪水里有游鱼、有蝌蚪、有粉色的野蔷薇同金银花，有从枫杨树上垂下来的我们称之为"鸭鸭"的翅形荚果。出门寻猪菜或放学回家，我们总要在青石桥上玩那些翅形荚果，直玩到池塘水面溶满落日黄金。那个浓荫清凉的幽秘世界，珍藏了我们整个童年的欢乐和梦想。父亲说，那棵树老得成了精，是绝不能砍伐的，砍伐者必会遭到厄运。

远离家乡二十年了，我依然会常常想起那株枫杨树。想起它的时候，就总想回去看一看，像看望村庄里的老人那样去看看它。可每次回去之后，却又把它忘了。

有一次想起它来，便忍不住特意打电话问仍在家乡生活的哥哥，问那棵树怎么样了。哥哥接到电话才恍然惊觉，他说："你不说我都忘了呢，现在不常经过那条路了，偶尔经过时也没注意，现在仔细一想，那棵树不见已经好几年了呢。具体是哪一年没的，怎么没的，我也不知道。"

我听过之后，心里很难过。

知道家乡的那棵枫杨树没了，我也依然会常常想起它。想它是否也像我过世老祖母一样，在时光的黑暗深处，依然记得我们这些孩子，就像我总记得他们一样。

当我把镜头对准溪边枫杨树下那个穿红衣服的小女孩同她的小弟弟时，便仿佛是那棵隔世的枫杨树又从黑暗的深处回来了，回来看我了。

2014年5月21日　小雨转阴　小满

翠色小满

　　早起上山时，空气中又有雨润的清凉。积墨一样靛青色的雨云成团如絮，在山尖上缓缓游移。

　　深青的雨云之上还有几层颜色浅淡一些的雨云。深青的云团在低处，游移得快一些。浅青的云团在高处，游移得也慢一些。没有雨云的地方就露出一块空洞的蓝天，澄碧如洗。蔷薇色的朝霞从云隙里射出金光，给深浅不一的雨云镶上了道道金边，灿若莲花。

　　天气预报不是说今天要下雨吗？天色看起来这么清新，不一定真会下雨吧？

　　可是等我下山时，雨点如小豆子一样，忽然啪啪地就落下来了。我再仰头一望，天上蔷薇色的光芒已经消失，只剩下了水墨一样深浅不一的雨云。

小满前后的天气就是这样，总是时雨时晴，山谷中常常氤氲着绿色烟霞一样的雾气，如同仙女的裙裾。树叶上也总是闪耀着亮晶晶的水珠。可是你却常常不知道什么时候下过雨，又是什么时候雨停的。

这是一年中景色最美，气候最舒适宜人的季节。寒气已经褪尽，暑热还没有到来，山林中溪水喧哗，暗藏的青果将熟未熟。这个季节的山林，就像一位轻熟少女，散发着清新又神秘的醉人气息。这气息，来自溪边粉色的野蔷薇，来自灌木丛中的忍冬，来自路边的野草青蒿，来自葱郁的林木，也来自漠漠水田和翩飞的白鹭。

等我吃完早餐上班去的时候，雨又已经停了，天色阴凉柔和。

在这样的季节里，我最想做的事情其实不是穿着丝袜裙子和高跟鞋去上班，也不是呆坐在书房里看书，而是在骤雨初歇之时，穿一双浅色轻便的小羊皮便鞋，随手拿一件颜色柔和的纯棉针织开衫，就走到溪水流淌的田野里去，走到郊野神秘醉人的蔷薇花香里去，就像一滴水融进大海那样，让自己像一棵自然生长的绿色植物，融进山谷那无涯无尽的翠色深处去。

2014年5月24日　暴雨

雷　暴

已经进入梅雨季节了。

潮湿、闷热。空气中湿度大得惊人，扯一把能拧出水来。墙壁、地面总是渗着一层水，衣服晾几天也干不了。

衣物、食品，木柜都开始吸潮、长霉。

去冬积存的落叶开始在林中腐烂。青苔蘑菇疯长，蚊蝇滋生。

今天更甚了，天地昏暗，气压极低，空气中一丝流动的风也没有，感觉整个天空就要在顷刻间压塌下来。窗外树叶在这种无形的威严之下也瑟缩了，不能畅快呼吸。就连鸟儿也一声都不啼叫。

这是一场风暴已经酝酿到极致，只待一声惊雷，暴雨就要倾盆而下的时候了。

可是，雨却迟迟落不下来。

山谷里传来一阵低沉、压抑的呜咽声。那声音凄凉，充满痛苦。起先我以为是一个人在哀哭，仔细听了一会，才知道是山脚下花工房里那只狼狗低沉的、压抑着愤怒的咆哮，一种近乎哀号的咆哮。

那是小区保安养着的一只狼狗，几乎没有离开过花工房。我想，那只狗一定非常寂寞。整个春夏，它或许都在期待着能够冲出花工房，去山野里自由奔跑。或者，它苦苦哀叫，企图能从山林里呼唤来一个同类、或是伴侣。可是，那些能让它发疯的想望、愤怒和精力，注定只能一再受挫。在这种气压极低的沉闷天气里，它一定更加烦闷难耐了。

今天我休息，一个人在家。在这样的天气里，不能出门访友，也没有多少事情好做，我只能照往常休息日一样，拧湿了毛巾，从卧室开始细细擦抹地板。擦完之后，又拿一块干毛巾把地板再粗粗擦抹一遍，收干地板上的水。不然，在这样潮湿的天气里，地板一天也干不了。

就在我抹着地板的时候，一声惊雷骤然而至。雷电的利斧终于劈开了天空，暴雨哗哗而下。

这之后，雷声滚滚不歇，暴雨如注。空气中令人紧张的压力终于缓解了不少。

为了让自己在这样的天气里安心，做完家务，我拿了《韦应物诗选》，坐到阳台上去看。

窗外雨声萧萧，雷声滚滚，盖住了其他一切声音。

我紧紧关闭了落地的玻璃窗。我的世界在雨声里寂静。

韦应物诗清淡闲远，是我非常喜欢的。读他的诗歌，我常常会禁不住怀想唐朝诗人在那个年代生活的情景，怀想他们应对日常生活的心性。韦应物一生七仕七隐，中年丧妻，可谓命运坎坷。他的生活也很清贫，好几次落到无处栖身，只能暂居寺院的地步。可是纵观他的诗歌，会发现他虽不刻意追求仕途，但出仕时心忧国事，勤政爱民，并不狂放清高。贬谪时则寄情山水，闲散自适，既无怨意也不刻意追求归隐。无论显隐，他都只是顺应自然，随遇而安。我想，这才是真正通达而健全的人格，是真正内心平衡的人吧。所以，他的诗歌才会那样散淡冲和，读来让人心神旷远，柔和安宁。

中国最伟大的诗人，王昌龄、苏轼等，也无一不是这样。他们在出仕时勤勉问政，闲暇时便流连山水，于僧道间酬唱应和。他们不汲汲于富贵，也不刻意自苦，所以才能于人生的闲暇之处，吟唱出世间最美的歌吟。这才是真正高妙，值得崇尚的人生啊。

所谓诗心，所谓精神的清修，就是能像他们一样，在世事的喧嚣之外，在命运的起伏之外，独守一份属于自己内心的清澈和宁静吧。

窗外依然电光闪烁，惊雷滚滚，其声势似乎要将山体劈开才肯罢休。在雷电的威严里，我感受到一种威胁和力量，是自然界中那种不管人的死活，要滚滚向前，吞噬一切的冷酷和力量。

然而，我并不害怕那样的威胁和力量。我知道这种力量终会消减，释放尽净。

落地的玻璃窗似乎也为我隔起了一道安全的屏障。

在这道屏障里，在韦应物的诗歌里，我看到自身的个体生命，是有别于窗外奔雷和暴雨的另一条隐秘河流。这条河流从时光的遥远处奔来，有着自己低沉和涓涓的流速。

2014年5月29日　晴

野　蔷　薇

五月郊野，是野蔷薇的世界，是被野蔷薇的浓郁花香统治的世界。

骤雨初歇的午后，沿着溪水缓缓步入山林，很快，你就会像一只迷路的彩蝶，像一个被花香熏倒的书生，沉醉在野蔷薇浓郁醉人的花香里。

到处都是野蔷薇啊，山坡上、溪沟边、田野里。一丛丛粉红，一丛丛雪白，如瀑如锦，堆积着、铺陈着。映衬着山色，映衬着溪水，散发着浓郁而水润的甜香。

蜂、蝴蝶、黑色蚊蚋，它们成群飞来，钻进花心里，嗡嗡叫着，流连忘返。

这是山谷的盛宴，是野蔷薇秘密召集的盛宴，寂静又喧哗。

停下来，坐一会儿吧。就在这花丛边，在这香气里，坐一会儿。

野蔷薇沉浸在它们自己的世界里，不会注意到你的存在和打扰。你可以选一块干净的石头，像《绿野仙踪》里的小仙人那样坐下来，让山谷满目流淌的深翠清洗你的眼睛，让溪水的欢唱同清幽的鸟鸣淌过你的心田。

油菜田里油菜已经收割，余下一些肥嫩的青蒿散布在地垄上。田埂上艾蒿齐人腰高，散发着清苦的药香气。

水田里是新莳的秧苗。秧苗纤弱，水光白亮，一只刚刚断尾的小青蛙"呱"的鼓噪一声，从水田里跳跃而出。

溪水波光明滟，花光映着水光。

俗世的一切喧嚣都已远去，你也变成了这幽寂山谷的一员，如一朵初生的野蔷薇，只属于这花香的原野，只属于这翠色的仙境。

野蔷薇、月季和玫瑰同属蔷薇花科，是花中最芬芳迷人的三姐妹。如果要在她们中间分出大小，玫瑰是大姐，月季当属老二，野蔷薇应当是最小的小妹了。她花型小而纤薄，是单瓣的，只有五片或粉或白的花瓣。开花时不会同玫瑰和月季那样含蓄和收敛，而是五片纤薄娇柔的花瓣全部张开，露出里面香甜的花蕊。那样子就像山野里自然生长的小姑娘，像邻家的小妹妹，像草坪舞会上德伯家的苔丝，还没有来得及被城市的生活伤害和污染，还保留着自然的纯朴、野性和娇嗔。

娇嗔而浪漫的野蔷薇不会介意你进入它的秘密王国，可是你不要试图去采摘它。它是有刺的。这是它的野性，也是它的自我保护。

可你还是会忍不住去采摘的。对一朵花看久了，你就会爱上它。你不会害怕一根微刺的伤害。一朵花自我保护的能力毕竟是有限的。

这下可好，无论你怎样小心，花茎上的某根尖刺还是会狠狠咬你一口。你摘下了一朵纤弱的野蔷薇，指腹上渗着一粒鲜红的血珠，你对着花儿嫣然一笑，低头吮干那血珠。

你会想起很久很久以前，在你还像一朵野蔷薇那样单薄纤弱的时候，在某条溪流边，你被同样的花刺咬过。吮干血珠时，你会觉得，是你那单薄的童年又回来了，是你邻家那调皮的小妹又回来了。

2014 年 5 月 30 日　雨

金 银 花

　　走进山谷，远远的，就嗅到了一股浓郁的金银花香。

　　放目四处搜寻。哦，看到了，它们就隐身在前面不远的灌木丛里。

　　金银花又名忍冬，藤本植物，同野蔷薇花开同时，也是五月乡野里最常见的野花。它的茎蔓没有刺，但同所有的藤蔓植物一样，喜欢生长在荆棘丛里，攀住什么野生灌木就拼命往上爬。

　　金银花筒形，细长，又喜欢隐藏在灌木丛中，虽也一开一大片，却没有野蔷薇那么惹眼。可是你一旦被它的香气吸引，发现了它，就会挪不开步了。它的花朵是寸长左右的细筒状，顶端对裂一大一小两片花瓣，如细舌往外反卷，露出两条纤长如舞的花蕊。花的颜色有黄色同白色两种，一蒂并生，如同深情相依的情侣。黄的如金，白的如银，所以俗称金银花。

　　金银花的香气非常特别，它同野蔷薇共同制造出来的香气，让五月的乡野有一种梦幻般的气质，会让那些在野外寻找刺梦儿（野莓）、割猪草、放牛放羊和绣碎花鞋垫的少女们沉浸在花香的梦境里，沉浸在自己迷人的青春岁月里。

　　儿时，我同妹妹夏日溪沟里捉鱼，溪边便开满了粉色的野蔷薇同金银花。如蜜的阳光在溪面上跳跃，蜜蜂蝴蝶在花丛里流连飞舞，杜鹃鸟在远处山冈上声声啼叫，我同妹妹则埋首在花影下的溪水里，与蝌蚪游鱼相互追逐游戏。那是怎样一个花香醉人，幽静而忘情的幽密世界，实在无法为外人道。

金银花还是清热解毒、镇静安眠的良药，那也是我很小的时候就知道了的。我的小脚奶奶只要看到金银花，就会把它摘下来，晒干保存，遇到口腔上火，咽喉肿痛之类的小毛病，取一点出来泡茶喝，效果很好。金银花晒干之后香味依然绵厚，泡茶后味道微酸，却一点不苦。前段时间牙痛，我即从中药房买了它来疗。

住在我楼下的妇人，这段时间，她阳台上的竹簟里，也正晒着许多的金银花。

我不常喝花茶，包括茉莉花茶、菊花茶，都不常喝，倒不是因为怜花惜花，怕看花朵在沸水中的翻滚，而是觉得花茶的香味不如茶叶清爽宜人。可我在把金银花茶当药喝的时候，却真的生起一股难言的怜惜之情。是因为它同我的童年太过亲密的缘故吧，看到金银花晒干之后萎暗皱缩的样子，便十分怀念它生长在乡野时的清爽。

我默默细看了一会儿金银花，又依依不舍地举步离开。我没有采摘金银花，也不想将它们采摘回家做药，我只想让它们继续留在属于它们自己的世界里，让它们在自己的世界里生长、爱恋、欢乐。

所有有情的美好事物，所有逝去的美好时光，都应当让它们留在原地。

2014年6月1日　雨

晨露青蒿

六月了，暑气渐深，日出的时间又早了很多。若想同山林里的植物一样享受林间清新的空气，享受清晨露水的浇灌，那就只有起得更早了。

进山时，天才刚刚亮。

昨天才落过雨，地面还很潮湿，岩壁上绿苔密厚如毯。

露水很重，从草径上走过，茅叶同青蒿上的露水便浸湿了裤脚同鞋面。

"野有蔓草，零露漙兮。有美一人，清扬婉兮。"《诗经》里描写的，应当也是这样的仲夏时节吧。只有仲夏时节青蒿里的露水同美人，才会有这样的清扬。

在青蒿清扬的药香里，我仿佛又嗅到了家乡的味道，也嗅到了端午节的味道。

端午节是属于艾蒿的节日，是仲夏季节里一个最美丽的节日。

乡下女人，爱青蒿，也爱露水。在我的家乡，到了仲夏端午节这一天，年轻女子都会清晨即起，去往晨露清新的郊外，以迎接节日的美好心情，迎着东方第一抹朝霞，把艾蒿叶上最清新的露水抹在头发上。据说用端午节艾蒿叶上的露水擦抹头发，头发就会乌黑发亮。

抹完露水，她们还会割砍很多艾蒿背回家。艾蒿是青蒿中较为特别的一种，是民间的良药，而端午节的艾蒿，药性最强。

我母亲每年端午节都会用新鲜割回的艾蒿煮一大锅艾蒿水，倒在木澡盆里，让我们姊妹洗一个热热的艾蒿水澡。她还会另煮一碗又苦又黑的艾蒿水，加多多的红蔗糖，哄我们姊妹喝下。端午节过后，酷暑就要来临了，瘴气滋生，蝇虫飞动，各种蛇蝎蜢虫的毒性也会增强，喝了端午节的艾蒿水，洗了端午节的艾蒿水澡，就可以驱暑毒，防蚊虫叮咬了。

等我们洗完艾蒿水澡出来，身上一股怡人药香，而母亲同奶奶也已经在厨房里把包粽子的箬竹叶煮得满室生香。父亲也已经在窗台和门楣上都插上了艾蒿以驱邪避秽。院坪里还摊晒着许多艾蒿，晒焉的艾蒿悬挂起来风干，亦是消炎止血的良药。梅雨季节时，家禽易发瘟病，用干艾蒿在鸡舍猪舍里燃烟熏一熏，便可防鸡瘟猪瘟。

母亲同奶奶坐在灶屋里用泡好的糯米包粽子，我们姊妹围在她们脚边观摩、玩耍。庭院里弥漫着浓浓的糯米香、箬竹香和艾蒿的药香，还有南风送来郊外野蔷薇的花香。

不管过去多少年，只要一想起端午节，我就会又仿佛嗅到那些熟悉的香味。那是属于端午这个节日的特殊香味，有着母亲和奶奶药香般的慈凉情怀，有着安定人心的烟火温暖。

晚上，星空如水，父亲还会砍一捆艾蒿回来，在院坪里燃烟驱蚊。我们姊妹就在那浓浓的艾蒿香里，在夏夜微微的凉风里，看父亲给我们指认银河，听他给我们讲述牛郎织女和董永七仙女之类的神话故事。父亲的讲述，总令我悠然神往，身心都仿佛已经溶化在夏夜如水的空气里，随着那一缕幽幽的艾蒿烟子，飘摇而上，直达天庭。

而露水，不知何时，又已悄然降临。

附：

　　除了艾蒿之外，山上的青蒿还有许多品种。有菊蒿、白蒿、毛蒿、水蒿等，它们的样子都极其相似，叶子都有五个尖，正面青绿，背面都被有白色细茸毛，彼此差别很细微。

　　其中白蒿是可以吃的。

　　白蒿叶片背面的白茸最多，最白，性质在几种蒿子中也最为绵软。湘西农家过年时做的清香四溢的蒿子粑粑，用的即是这种蒿子。做蒿子粑粑的过程精细复杂，得用一年的时间做准备。三四月间，在各种青蒿最为翠嫩的时候，山里女人们就开始挎着篮子，在郊野里细心辨别，把那种能吃的白蒿多多的采摘回家，晒干储存，待年关白雪纷飞时，再把它们取出来，配合着蒸熟的糯米，炒熟的芝麻豆子粉，一家人围着炉火慢慢做粑粑。

　　湘西人在春社日的时候，也还有采白蒿做社饭的习俗。以前，我认不清白蒿，如今在朋友的指点下，我终于可以分辨得出了。也许明年的春社日，我就可以采摘白蒿，和着腊肉丁豆腐丁煮社饭来招待朋友了。"人生似幻化，终当归空无"。在世之日，有良朋佳友，浊酒粗醪，便是人间美事，犹当珍惜行乐。

2014年6月6日　小雨　晴　阴　芒种

绿窗浓睡

今日芒种了。翠色堆积，枕席生烟，是夏日山居最宜人的季节了。

夏季节令的名称很有意思，"小满"、"芒种"，都直接指向了谷物的某种成熟状态。"芒种"，顾名思义，是有芒谷物成熟的时候了。到了这个节令，乡下的油菜、小麦都已收割，水稻已经插下秧苗。若在我家乡平原地区，那已是"漠漠水田飞白鹭，阴阴夏木啭黄鹂"的仲夏之景了。

湘西山林少有农田，水田之景难以见到。我的书窗之外，是夏木荫深、芭蕉冉冉的幽翠山谷。植物香气浓郁，各种鸟儿在林中婉转娇啼，其中还夹有新生雏鸟稚嫩的童音。这正是日长人静、浓荫催睡的好时节。想起杨万里的名诗："梅子留酸软齿牙，芭蕉分绿与窗纱。日长睡起无情思，闲看儿童捉柳花。"这几乎是我最喜欢的写仲夏的诗句了，而这也正是我目前生活的写照。

睡一个长长的午觉醒来，雨已停了，只见新阳的金线柔和如蜜，不知何时已斜斜射进窗格，在我阳台海芋阔大的叶片同高架上一盆牵牛花的嫩藤上流连舞蹈。窗外翠色幽深，鸟鸣闲静，微微凉爽的南风穿堂而过。我干脆赤了足，取了书，在客厅的木地板上坐着，望一望绿窗，读一两句闲诗，真觉得比羲皇上人还要快活。

人生其实没有那么多事要着急，在世事中追逐的人啊，脚步可以缓一缓，再缓一缓。人生一切美，都从闲中来。

2014年6月7日　晴

鸭跖草花

夏季山林，已经不像春天那样繁花似锦了。山径边的草丛里，只有一些蓝色的鸭跖草花同一些黄色的小毛茛花点缀其间。

露水很重，碧翠修长的细茅叶上，承托着一颗颗闪亮的露珠，晶莹如星。那些蓝色的鸭跖草花就在露水晶莹的草丛里开放着，如同一只只碧蓝的小蝴蝶停立在草叶上，又像是清晨沐浴在山林里的小仙女。

鸭跖草的叶子像嫩竹叶，碧翠光滑，脉络清晰。两片深蓝花瓣像是用指甲掐出来的，形如立翅欲飞的小蝴蝶。深蓝花瓣下还有一片小小的白花瓣，淡白透明，有近于无。花瓣下伸出两根细长白蕊，扬头如舞，形如蝴蝶的蝶须，这使得鸭跖草花更加生动欲飞了。长花蕊下还有三根短花蕊，花药金黄，像三朵小小金花，娇艳爱人。

鸭跖草花还有很多好听的名字：碧竹子、翠蝴蝶、耳环草、碧蝉花、蓝姑草。每一个名字都形象又好听。其实它们是常见的野草，多长在潮湿阴凉的地方，是乡野里鸡鸭的美食。我在很小的时候，在屋后树林里独自采着它们玩耍，看着鸡鸭啄食它们的时候，我就觉得它们是同我一样孤独的小花，是我秘密的朋友，那时，我就在心里悄悄给它们取了个名字：竹叶草花。

相比牡丹芍药那些大而名贵的花，我更偏爱路边这些细致的小野花，总觉得它们有着更加精致柔美的灵魂，更能引起人的怜爱和感激之情。我总是能从中看到造物主的深心，那么精细又高贵，哪怕只是一颗露珠，一只小甲虫，一朵寻常的小野花，他都要精心创造，给它们以不可复制的绝美。

鸭跖草花蓝得干净，纯粹，就像是碧蓝天空的倒影。它是为露水而生的，属于朝露之花。它在每天清晨露水降临时开放，待到灼热的阳光射入林间，它就开始卷拢花瓣，渐渐缩回佛掌一样的花苞里。

明天再开的，是一朵新的鸭跖草花了。它是林间的小仙人，它只为珍爱它的人展露芳颜。

2014年6月8日　晴

水 蜜 桃

还记得三月的桃花吧。

我一直在想，一场春雨过后，那些粉红的花儿都去了哪里呢？

咬开夏日第一颗水蜜桃，我才发现，原来它们都在这里，原来它们都悄悄藏在了蜜桃绯红的果肉里。

我认出了它们，它们就更加绯红了脸。

其实不只是桃花。樱花、梨花、杏花也都如此，原来它们并没有当真随着春天的流水远去，而是把自己美丽的容颜，秘密的爱恋，全都悄悄藏在果子的内核里，然后便悄然欢喜，静静等待，等着被你来发现。

做一棵果树真是幸福，那一日一日逝去成为灰烬的时光，原来都可以这样秘密的悄然储存。

2014年6月9日　小雨　晴

梅子留酸

正值梅雨季，窗外雨雾如烟，芭蕉生翠，习习凉风穿堂而过。这是湘西山林最为潮润的一个季节。在这漫山翠色的云雾里，是可以住得神仙的。

我正思谋着这样的天气里该做点什么来消夏，忽而有人叩门，原来是邻家阿妹从怀化办差回，特意给捎来了一筐靖州的杨梅。

这个季节，许多水果都成熟了。水蜜桃、枇杷、李子、青杏、杨梅……江南的仲夏，是一个让人口舌生津的季节。

然而再没有一种水果，会同杨梅一样，与雨水有着那样深的不解之缘吧。

杨梅喜温热、潮湿、多云多雾的气候。实际上，它们就是在南方仲夏连绵不尽的雨水中生长和成熟的，是在山林云雾般的仙境里成熟的。

杨梅成熟的季节，就称梅雨季。

　　梅雨季潮湿、闷热、细菌滋生，是一个能让万物生霉，让人关节发疼的季节，是南方最美丽的季节，也是最难消受的一个季节。然而造物主创造一切皆有深意，杨梅便是它给这个季节最好的馈赠，因为杨梅味甜，却也至酸，而杨梅的酸恰能收敛止泻、益肠胃、防风湿。

　　水果味道的形成与土壤关系极大。在湘西和黔东南一带，杨梅最好的产地便是在怀化的靖州。靖州山高林密，是生瘴气的地方，它出产的杨梅，个大、粒圆、色乌、味道最甜。

　　吃新鲜杨梅有很多方法，可以清水洗净即吃，可以冰镇，还可以做酸梅汤。而我是起身将杨梅洗净之后，拿开水烫几分钟，沥干水后再撒上一层冰糖末。冰糖末受热溶化后，糖汁会渗进杨梅肉里，杨梅的味道就更甜了。

　　在仲夏微凉的清风里，就着满窗翠色，吃几颗杨梅，看几页闲书，听窗外几声闲闲的鸟叫，即便梅雨淅沥，亦觉得是难得的清扬与闲适了。

　　杨梅还是上好的泡酒之物。做杨梅酒也最好选靖州这种红得发紫的乌梅。将乌梅洗净沥干之后，再加入一些冰糖，一起投入米酒桶中密封起来即可。密封的时间越长，酒的味道便越醇香。

　　泡好的杨梅酒颜色微红，味道微酸微甜。待到白雪覆满山头的冬夜，将封存的杨海酒取出来，在红红的炭火炉上温着，与深爱之人围着火炉相对慢饮，饮至夜深而不觉，那亦是难以言说的温馨。

2014年6月10日　晴

山雀的寿命

听了一夜雨声，清晨起来，天还未亮，雨仍淅沥未止。

泡了一杯咖啡，拉开窗帘，开了灯，坐在阳台上看了几页《沙郡年纪》，再站起身时，雨居然停了。

既然雨停了，时间又还早，我便换上跑鞋，依然下楼去跑步、爬山。

雨后空气清新，没有尘埃。山上的树木、野草、残破的蛛网，全都挂着亮晶晶的雨珠。

经过肥绿的栀子花树时，一只长尾巴野鸟突然从花树里飞起，吓了我一跳。

这只野鸟尾巴上的长羽毛闪着五彩荧光，美丽极了。是一只野山鸡吧？

是昨夜大雨冲了它的窝，这只山鸡才会飞到路边花树里来临时栖息的吗？

天还没有亮，也许它刚才还正在花树里做着美梦，突然被我的脚步声惊吓，才会一时惊慌失措。它落到不远处的草坪之后，看了我一眼，似乎镇定了，从草坪上从容起飞，转瞬间就掠过半山腰上的红阁楼，消失在竹林里，留我怅然若失。

真不知这山上到底藏有多少种鸟儿呀？

现在正值梅雨季，树丛里潮湿又温暖，这正是鸟儿们孵育雏鸟的好时节。每天清晨，我还睡在床上，就能听见各种不同的鸟叫声汇在一起，叽叽喳喳，比山上的树叶还要繁密。可我每天上山时，除了一些常见的小黄鹂、小山雀，大部分鸟雀都是不容易见到身影的，像刚才这种有着五彩长尾羽的鸟儿就更难得一见了。

我特别佩服那些能识别各种鸟，能叫出各种鸟名的鸟类学家。要怎样的耐性，怎样锐利的眼睛，才能细致的观察到它们呢？

《沙郡年纪》的作者利奥波德就是这样一位自然科学的业余爱好者，亦可称为科学家吧。他不仅熟悉各种植物，也能叫出各种鸟的名字，能辨别它们的叫声，他会花很长时间去观察它们的生活习性。他曾经连续十年，在每个冬天里捕获他农场里的几乎所有山雀，给捕获到的每只山雀套上脚环，编上号，直到那个冬天捕获到的山雀全都是戴上了脚环的，再也捕捉不到一只不戴脚环的山雀为止。他统计到：十年里，被戴上脚环的97只山雀，有3只活了四年，7只活了三年，19只活了两年，其余的67只鸟在第一年冬天后就再未出现过。只有一只编号65290的山雀连续五个冬天都被捕获，它活了五年。

得知这些数字，我忽然心有戚戚。这不是一组简单的数字，这些数字链接着的，是这些喳喳叫着的山雀们的生与死。

在生与死之间，这些鸟儿也同我们人类一样，要爱恋，要哺育产子，要经历寒冬的威胁，要经历饥饿的忧患。在临死之时，它们也该同我们人类一样，有着多少对尘世的深深眷恋和无奈？

想到这些，再听这些山谷鸟音时，便觉得它们清丽无尘的啼音里，也有了许多苍凉难言的意味。

2014年6月13日　晴

栀 子 花

　　山上季节晚，山下的栀子花早开过了，大婶们也早担着担子在街头卖过栀子花了，这山上的栀子花却直到今天才开。

　　青绿的花苞其实一个月前就缀上枝头了，像竖立的毛笔头。

　　我早就期待着栀子花开，每天上山经过这些肥绿的栀子花树时，总要充满期待地看看这些毛笔头一样青绿的花苞，期待它们像青涩的少女，一天天长大，一天天由青转白。

　　栀子花要孕育那么多香气，要一层层打开那么多花瓣，是需要很长时间的吧。

　　这山上的栀子花有三种。有一种是野生栀子，树高而瘦，有一人多高，杂生在灌木丛里，花朵是单瓣的，不漂亮，但花开时非常香。还有一种是小叶栀子，树小，叶子也小，几乎是贴地而生，花朵是复瓣的，但花朵很小，目前也正值它的花期。今晨开花的，是大叶栀子，树冠高大肥绿，花朵也开得又多又大，白如羊脂，是最好看的栀子花了。我们平日所说的栀子花，指的也就是这一种。

　　栀子花哪怕只开三五朵，它的香气也会溢满山谷。清晨，我人还远远的未进山呢，就先被它甜腻的香气吸引了。

　　汪曾祺《人间草木》里有写栀子花，他说："栀子花粗粗大大，又香得掸都掸不开，于是文雅人不取，以为品格不高。栀子花说：'去你妈的，我就是要这样香，香得痛痛快快，你们他妈管得着吗？'"每想起这段话，我都会要笑，觉得汪曾祺真可爱。汪曾祺也许言过其实了，实际上，我还从未发现有不喜欢栀子花的人呢，无论是文人雅士，还是乡下大婶，他们偏偏就是喜欢栀子花那种能安神醒脑，却又掸也掸不开的香气。

山里人喜欢栀子花，他们总喜欢在院子前种几株栀子花树。与栀子花同时开花的，还有石榴花、端午锦和绣球花，它们同属于端午前后的庭院之花。有了这些庭院之花，农家小院的日常生活，就有了可供怀想的颜色与独特香气，有了一份超脱于岁月之外的生机、清雅与宁静。

山里人对栀子花的喜爱是入骨的。每到栀子花开的季节，大姨们就会把栀子花扎在辫梢上，戴在鬓边，或者别在衣襟上。她们走到哪里，就把香气带到哪里。

卖菜的时候，她们也会在菜担子里放几朵带露的栀子花。清晨，你上菜市场买菜时，买了黄瓜豆角，总忍不住还要买一朵两朵栀子花回去插在水瓶里。

多年前我还在病区做护士时，谁要是得了一朵栀子花，就会把花瓣一片片撕下来，每个护士都藏一片花瓣在白大褂的上衣口袋里。去病房给病人输液、做护理，一弯腰，那甜腻的花香就淡幽幽传送给病人了。那些病人总会面露微笑，说："好香！"当然，有很多时候，栀子花其实就是这些山区的病人送给我们的。送得多时，我们就把它插在水杯里，用清水供养在办公桌上，整个病区里，也就因此有了令人安神的宁静花香。

栀子花就是这样招人喜爱。它是清雅的花，也是世俗的花。它们属于清晨山谷的幽静，属于夜晚悠长的月光，属于《聊斋》里穷书生的后花园，更属于农家的普通庭院和人间质朴的情谊。

2014年6月18日　晴

荒野精灵

一个月未经菜地，菜地又已经大变样了。郊野的植物与菜蔬是一个远离人世的独立世界，它们在属于自己的时光里，按照它们自己喜欢的速度自由生长，秘密欢喜，从不理会人间的事情。

玉米已经一人多高，玉米棵上紧贴着结实饱满的玉米棒子。那鼓鼓的玉米棒子总会让人想起肌肉结实的小伙子们屈肘鼓劲时，上臂鼓鼓的三头肌。

每根玉米棒子上都吐出一缕绛红的玉米须子，玉米粒正裹在须子下的衣胞里灌浆。微风拂过时，送来玉米粒淡淡的清香。那是一种甜柔的、让人心里安定踏实的清香。

地垄上搭着高高的竹架篷。黄瓜藤、豆角藤、丝瓜藤、苦瓜藤全都爬在竹架上，开着颜色娇艳的花。

晚霞里，这些开在藤架上的花朵格外艳丽夺目，引来许多蜻蜓蝴蝶飞来飞去。

其中，黄瓜、苦瓜、丝瓜的花是金黄颜色的，最为夺目。苦瓜花小，丝瓜花大。

长豆角的花像淡紫的蝴蝶，又像小小的豌豆花。

瓠子瓜的花最清雅，花瓣五片，雪白娇俏，像玉洁冰清的少女，让人一见生怜。日本的《源氏物语》里，即称它为"夕颜"，寓意一个薄命的女子。

花生苗也开花了。花生的花淡黄色，一簇簇贴地缀在花生苗的底部，不细看是发现不了的。花生是神奇的植物，它的花要在地面上接受昆虫的授粉，受孕之后，花房就会钻进泥土，在黑暗的泥土里去孕育果实。

它们是最低调和最朴实的花。

没有种菜的荒坡和田埂上，野草苎麻都老了，结着密密的草籽。葛藤巴掌大的绿叶毛茸茸的，在杂草里攀爬得密不透风。葛藤里，杂生着成片的女菀花。女菀花远看去是白色的，像一朵朵白色小雏菊。其实，女菀花针舌一样密集围成一个小圆圈的花瓣是极淡的雪青色，中间圆盘状的花蕊是嫩黄颜色，两者相衬，竟使它们看上去像一朵小小的白花了。

金色的晚霞里，菜地里的这些花朵、蝴蝶、女菀，就像一群流浪荒野的精灵，它们对着夕阳绽放着它们最后的美丽、爱恋和热情。

可是，夕阳马上就要落山了，这些流落荒野的精灵，它们今夜要栖息何处？要如何度过这漫漫长夜呢？

夏至

2014年6月21日　小雨　夏至

夏　至

今日夏至，又落雨了，树林里雨声潇潇。穿堂而过的微风里也含有水汽，似一双温柔的手抚摩着裸露的胳膊，丝绸般凉润。

说起夏至，我总会想起我的小脚奶奶，想起奶奶的蒲葵扇。奶奶的慈凉情怀，就像她凉润的肌肤，像夏日的香云绸，也是这样丝绸般凉润。同妹妹伏在奶奶膝上乘凉时，奶奶蒲葵扇下的微微凉风，会送来阵阵栀子花同艾蒿的清香。那凉润的清香，也像极了奶奶的慈凉情怀。在那样的花香之下，感觉轻夏时光，美好得就像一位长裙飘曳的轻熟少女，又像《洛神赋》里的女神，是从蔷薇、忍冬、艾蒿、初荷和栀子花的芬芳里，从蜜桃、杨梅、枇杷和黄瓜、瓠瓜的丰盈中一路轻涉而来的，带着雨水和露珠，不染尘埃。

夏至的凉润，还会让我想起另一幕场景。那是一个独自抚养七个子女长大的中年妇女的院子。她院子一角有一株硕大的香樟树，枝繁叶茂，亭亭如盖。整个夏天，她都会坐在树荫下，在一块青石板上捶打草药。青石板旁的木桌上，搁着一个大大的凉茶缸。大树的树荫下，总是汇聚着许多人，有腿上长疱长疖或被蛇咬伤来寻求草药的，有田里干完活回家路过，在此歇歇脚的。那些人，全都那么亲热又安静。微风送来远处湖泊的阵阵荷香，蝉在树上嘶鸣着。清凉的草药捶好了，女人就拿一片荷叶包住，敷到人腿上去。

如今，我已远离家乡。在湘西山林的闲居里，在舒适宜人的半夏时光里，我每日只是煮煮清茶，读读诗词，或与自然事物相亲近。在这每日的阅读与书写里，去体会时光的静美，体会生命的清真、广阔与自由，亦实不失为人生中一段美妙又闲适的时光。然而，又总觉得，还缺少着一点什么。

我想，我是怀念我的奶奶、怀念那香樟树下的草药了。

夏至是一个特殊节令，是一个分水岭，它将夏天一分为二。到今天，阳气便已上升到极致，要开始进入真正的酷暑季节，气候也就不会再这样凉爽宜人了。然而阴气却也恰是从这一天开始滋生，草木将开始逐渐凋零。这是一个转归，鼎盛之中已暗藏衰败。

"最美好的时光已经过去了。"春天结束时我曾经这样说。

今天，我又禁不住这样轻叹。

2014年6月22日　晴

病　树

一大早，就被窗外山谷里繁密的鸟叫声吵醒了。这些欢乐无虑的鸟儿啊，你们可知今天是周末？

我略一思忖，还是照常穿衣起床，跑步爬山。

我抗拒不了这些鸟儿的召唤，抗拒不了清晨山谷的诱惑。

在充满生机的山谷里，每天都有新的故事在发生，每天我都会有新的发现。

今天，我就发现一棵生了病的香樟树。树身有一段脱了皮，结着疤，还长着一些橙黄的蘑菇同绿苔，在橙黄的蘑菇同绿苔上方，有一个啄木鸟啄出的圆圆树洞。

生了病的香樟树并没有死，依然枝繁叶茂。它只是站在路旁，默默无言地告诉我曾经发生在它身上的故事，告诉我它怎样生过病，怎样忍受蘑菇和绿苔的寄生，怎样接受过啄木鸟的外科手术。

啄木鸟已经飞走了，只在树身留下一个用它的尖嘴啄出来的圆洞。那圆洞像用圆规画出来的那么圆。树身里的虫子，都被啄木鸟啄食干净了吧？

我曾经见过啄木鸟叮啄一棵病竹，它贴着竹竿叮啄枯竹时，"笃笃"的声音孤独地响遍了整个山林。此刻，我虽然没有亲眼见到这只叮啄香樟树的啄木鸟，却仿佛亲眼见到了一样清晰，耳畔又回响起那传遍山林的孤独的"笃笃"声。

那声音，不由得会让人想起《诗经·小雅》里"伐木丁丁，鸟鸣嘤嘤"的句子。虽然那不是说啄木鸟，可那传遍幽谷的声音同样清晰、孤独和遥远，会让人想起山林里许多不为人知的故事。

香樟树不言不语，只有清晨的微风摩擦树梢。它沉稳得就像一位父亲。啄木鸟叮啄它时，它是否疼痛，是否坚强忍耐，是否像疼爱自己的孩子一样疼爱过那只小小的啄木鸟，我都不得而知。

　　它的病害有没有被啄木鸟彻底治好，我也不得而知。好在我还有足够多的时间来观察它。

　　这尘世间，又有多少人同这香樟树一样，是怀着暗疾，怀着隐痛，在世间苍然独立呢？

．．

　　补记：一个星期后，病树树洞下树皮掉了一块，树洞扩大了。树洞里卧着两颗白色小圆蛋，形似鹌鹑蛋，但比鹌鹑蛋小一些。鸟蛋？蛇蛋？不得而知，亦不知能否孵化。

2014年6月24日　　小雨

山林里的小仙人

　　夜里又落过雨了，林中到处挂着亮晶晶的水珠。

　　亮晶晶的水珠，是夏季清晨山林里最常见的景致，也是最美的景致。它们使路边细柔的茅草，肥嫩的栀子花树，纤细的蛛网和细碎的野花，全都充满灵性，充满生机。

　　一只小蚱蜢通体碧绿，趴在一朵带露的女菀花上，一动不动，宛如花枝上的一片新生叶子。它的身体那样莹翠透亮，通体晶莹，对着霞光看过去，仿佛看得见绿色血液在它的翅翼和胸腹间流淌。

　　如果我没有蹲下身子，是不能从草丛里发现这只绿色小蚱蜢的。把自己装扮成同植物一样的绿色，这正是它聪明的自我保护。昆虫都有聪明的仿生学。

小蚱蜢的后腿强劲有力，脑袋上一对明亮如黑豆一样的眼睛充满警惕。它是昆虫界凶恶的斗士，可是这个清晨，它却格外安静。它在想些什么呢？

"鹿角解、蝉始鸣、夏半生。"这是夏至节后的物候变化。在夏至之前，我确实没有见过蚱蜢。我确信蚱蜢、蝉、纺织娘、金铃子这些翅翼类昆虫的确都是在夏至之后才会出现的。

夏季山林，是这些小昆虫的世界。走在清晨的山道上，草丛里浮起的全是金铃子之类的夏虫金属样清脆的鸣音。这些鸣音低低的，密密的，如同无数细小铙钹在高频率振动。

而杉树上、野茶树上、棘刺枝上，则到处挂着蛛网。蛛网有残破的、有完整的，全都挂着亮晶晶的水珠，布满山林的各个角落。

这些蛛网其实不是静止的，它们是无言的等候，无言的捕捉。

蝴蝶也多了起来。初夏时节，山林里比较多见的是灰白的菜粉蝶，夏至之后，翅翼布满各种斑点的花斑蝶，以及尾翼修长优美的凤尾蝶也多了起来。

凤尾蝶非常漂亮，尤其是那种荧光闪亮的蓝蝶和绿蝶，华丽如同舞台上的花旦。她们是山林的仙迹，不是尘世之物。

路边还有许多细碎的野花在开，淡紫的女菀花、碧蓝的鸭跖草花、毛茸茸的狗尾巴草，还有辣蓼草也抽出了绛红的花序。它们一起妆点着山林的仙人世界。

是的，仲夏季节，山林里结满露珠的清晨，是一个仙人的世界。只要你有足够的时间在山林里流连，只要你能融入其中，那些小仙人就会给你一幕又一幕精彩的演出。

2014年6月26日　雨

小　青　藤

　　走上山道拐角时，我忽然看到了这株小青藤。

　　小青藤稚嫩可爱，显然是最近两天才抽出的一段新芽。新芽碧翠，微昂着头，顶端凝结着两颗晶莹的露珠，看起来就像是小青藤的眼睛。更可爱的是小青藤像可爱的娃娃一样，微昂的头下面，忽然伸出两条长长的手臂，撒娇似的抱住了它身旁的小树。

　　昨晚，小青藤就是抱着这棵小树做了个美美的长梦吧？

　　这看起来有一点沧桑的小树，面对着这么娇俏、这么妖娆的一株小青藤，一定十分爱怜吧。昨夜，它一定是直直的站了一夜，守护了一夜，一动不动，生怕惊扰了这株小青藤的美梦。

　　这多么像一对甜蜜的恋人啊。

　　真希望全天下的女人，都能拥有这株小青藤一样的幸福。

　　山下的我所爱的人啊，你们都拥有了这样的幸福了吗？如果还没有，那一定是你的心还没有做好准备吧。

　　我记得《圣经》里有一则寓言，大意是有十个童女拿着灯去迎接新郎，其中有五个拿着灯却没有预备灯油，有五个拿着灯也预备了灯油。在新郎还没有来的时候，她们都打盹，睡着了。半夜里忽然有人喊："新郎来了，你们出来迎接。"那五个没有预备灯油的童女的灯要灭了，只好出去买灯油。就在她们出去买灯油的时候，新郎到了。新郎同预备好了灯油的童女进去坐席，门就关了。

　　所以，要警醒啊，要时刻做好准备，因为我们谁都不知道，那象征着幸福的新郎来临，是在什么时辰。

在这尘世间，知识、财富、名利、事业的成功都可以通过努力和奋斗得到，唯有爱的幸福却是最幽微和最谦卑的，它只肯住进一颗温柔的、甜蜜的、洁净和充满盼望的心里。

如果你还没有准备好，那么就从现在开始，从这个清新的早晨开始，清空你那洁净的、柔美的、和充满盼望的心吧。只有这样的心房，才能如一泓清井，溢出芳香与甜蜜的清泉。

当你感觉到你的心里溢满了芳香与甜蜜时，那象征着幸福的新郎其实就已经来到了啊。

2014年6月27日　晴

女 贞 子

时间过得真快，转眼又到了女贞子花飘飘洒洒，如雪飞扬的季节了。

早起进山时，只见一树树女贞子花如繁雪一样盛开在绿色的灌木丛里，芬芳盈满山谷。

女贞子同白丁香，同秋天的桂花一样，同属于木犀科。它们具有同样的特点和同样高洁的品性。她们都是那样细小莹碎，成团成簇，又都是那样贞静清雅，芬芳如水。

女贞子花同白丁香太像了，以至于我都不敢确定我前些日看到的白丁香是否也是女贞子花。

这山谷里多的是小叶女贞，树型比较矮小。在我工作的医院里，有几株非常高大的女贞子树。花开时节，场景蔚为壮观，几年前，曾经专门为它写过一篇短文。回头再看，那样的情怀已经不复可得，不禁哂然。

附旧文：《女贞子》

上班走进医院大门，幽香迎面，清雅如兰。林荫里，一地的细细白花莹碎如雪。

那个做清扫的女工，正拿了软帚细细轻扫，将其拢成一堆，不显得粗暴，也并不格外柔情。女贞子的花期很长，整个夏天都这样飘飘洒洒，对于清扫女工而言，这也只是比其他扫除略为清雅一点的例行功课而已。

她刚清扫过的地面，又星星点点落下几片。

一辆黑色轿车上面，也是一层细碎的小白花。不晓得车主人等下是否舍得拂掉。

我迷恋这香味，忍不住深吸一口气，站在树下仰头望去。高高的树枝顶端，米白的小花团团簇簇，似在云端轻笑。

这几株女贞子树其实就在我办公室的窗外斜过去一点点。我在办公室里埋头工作，微风起时，亦总会有清芬送入鼻端，使得我总要对着窗外望一望。在女贞子树的轻轻摆动里，夏日时光，会变得宁静又漫长，仿佛泛着光影斑驳的旧色彩。

我总想在这光影里捕捉一点什么，可凝神静望，却又似乎什么也捕捉不到。为了排遣这种若有所得又若有所失的怅惘，我便索性放下工作出去到女贞子树下站一站，走一走，活动一下伏案太久变得僵硬的脖子。

女贞子树又名冬青树，以女子的贞节来命名它，是源于一个美丽的传说。传说从前有个叫贞子的姑娘，夫君被强征入军，她说："照顾自己，我等你平安归来。"从此，她日日于村头眺望，终致相思成疾。后来，同村当兵的青年回来了，告知贞子的丈夫已死。贞子绝望悲痛，自知无法独活，嘱咐邻居她死之后要在她的坟头种一株冬青树，代她守望丈夫。她坟头的冬青树四季常青，正如她坚贞不渝的爱恋。为纪念这个女子，后人命其树为女贞子。

李时珍在《本草纲目》里说："此木凌冬青翠，有贞守之操，故以女贞状之。"

而我似乎更喜爱那个传说。那细小如米粒般的白花，恰如一个女子的贞洁柔美。它是那样飘飘洒洒，无声无息，亦正如那延绵无期的思念。而这思念是如此清雅淡远，无丝毫怨尤。

俯身拾起地上细碎的花朵。花朵为四片极细小的花瓣，花径中空。江南女子有用线串了茉莉花，戴在手腕上的喜好。若此时，我有一个四五岁的小女儿在身旁，大约我也要用绣花针穿了细丝线，将这女贞子花串成串，帮她戴在手腕上，脚脖上。

怀想着若有一天，我能拥有了自己的院子，我就要在院子前种一排的女贞子树。在落花缤纷的时光里，搬一把摇椅坐在树下，膝上放一本摊开许久而不看的书，只看那落花成阵，相思无痕。

小暑

2014年7月7日　晴　小暑

小　暑

今日小暑，天终于晴了。

早起进山时，听到路旁有蚕吃桑叶一样的沙沙声，觉得奇怪，仔细一看，原来是大量的黑色毛虫在蚕食野生苎麻。毛虫的数量多得惊人，一个一个首尾相连堆滚在一起，重得麻叶承受不住时，它们就从叶片上掉落下来，滚落在路边草丛里。

路边草丛里，已经落满许多毛虫，黑麻麻一片，让人生惧。

沿路成片的麻叶都已被蚕食干净，只剩下光秃秃的枝干。

是这段时间雨水太多，才会发生这样严重的虫灾吧。如果花工不来灭虫，不知它们是否也会很快自然消亡呢？

已经小暑了。小暑意味着出梅入伏，漫长的梅雨季终于要结束了，家具衣物不会再长霉，这些成灾的害虫应该也会自然消亡了吧？

"一候温风至，二候蟋蟀居宇，三候鹰始鸷。"进入小暑，夏天就只剩下最后一个月了。这将是一年中最为炎热，最难煎熬的一个月。

想起乡下这个时候应当正是稻谷扬花灌浆的时节了，不知道前些天连绵不尽的雨水对稻谷的灌浆是否有影响？记得父亲在世时，每年这个时候都会格外关注天气，若稻谷扬花时正碰上连续阴雨，父亲就会眉头深皱，那样的话，稻花会得不到授粉，花蕊的花药也会被雨水打落，则谷粒不会灌浆，空谷子会很多，农人一季的辛劳就将付诸流水。

如今，远离家乡，远离农事，每日只以诗书消磨时光，都快忘了粮食是怎么来的了。

但愿田野里所有的稻谷都能错过阴雨，赶上今天小暑的好阳光来一齐扬花吧。

2014年7月13日　晴

小　蚱　蜢

一个早晨不上山，你就永远不会知道你在这个早晨错过了什么。

只是一个星期没有进山，山林就有了许多变化。这些细微的变化要熟悉它的人才能领略。我看到道旁那些熟悉的藤蔓攀爬得更长更远了，青涩的金樱子有了淡黄颜色了，山矾树结着细小青圆的果子，辣蓼草已经抽出了绛紫的花序。然而山林总的面貌是变化甚微的，它就像一位老朋友，依然那么熟悉、亲切，永远对你的来访有所期待。它每日更新这些植物幽微的面貌，如同重新斟满它的酒杯，以迎接你的到来。

我蹲下来查看一朵新开的白色草籽花时，忽然就看到了叶片上这个通体晶莹的小东西——绿色小蚱蜢。

小蚱蜢有一双强壮的后腿，头顶还有一对黑得发亮、若有所思的眼睛。我蹲下来的时候，它那明亮的黑眼珠一定也看见了我，我看到它细长的足在叶面上移动了几下，然而却终于并没有蹦走。蚱蜢用它强壮的后腿一蹬，是可以一下子就跳得很远，跳到草丛里让你寻不见的。我不知道它今天早晨见到我，为什么不跳走，任由我拿着相机对它拍个够。

是因为在这山峦刚刚苏醒过来的清晨，在这一天中最神圣的时刻，万物都圣洁、宁静，所有的争斗和杀戮都还没有开始，所以小蚱蜢才会沉浸在这圣洁的宁静之中而不设防吗？

等我从山顶凉亭转了一圈下来时，这小蚱蜢居然还停留在叶子的同一位置没有移动。它的耐心可真好。我再次停下来，观察它、拍摄它，它也依然只把眼珠转动着，朝我看，也同先前一样并不跳走。同它对视了许久，我也不明白，在这整整一个早晨的时光里，这沉默安静的小东西，它到底在想些什么呢？它把它的所思、它的盼望、它的期待，全都留在这静谧的清晨了，然而我却不知道那是什么。

这只绿色的小蚱蜢，是否对我也有同样的疑问，是否也会以同样的方式在揣测我呢？

我不能再观察它了，我得离开它，赶去上班。我知道在我离开之后，这只绿色的小蚱蜢最终会跳离这片绿叶。然后它要去哪里，开始它一天怎样的生活，就是我永远无法知晓的了。明日我再上山，将不会再遇见它。我曾经买过一本法布尔的《昆虫记》，那是一本极好的书，后来送给了台湾的小瑞。法布尔是个了不起的人，他就写过小蚱蜢。法布尔会几天几夜连续不断地去追踪观察一只昆虫的生活，了解它们的习性。我是不具备的那样的耐心和能力的。

如果，在暮色四围的黄昏，我同这小只蚱蜢能再次在这个山谷相会，我们将会对各自一日的营生提交一份怎样的答卷呢？

永远不会有那样的时刻了。上帝安排我同这只蚱蜢在这充满神性的清晨邂逅，完成生命间无语的交流，就已经完成了他的启示了。

2014年7月15日　　大雨

浮云一瞬

又落雨了。

今年夏天雨水真多，几乎天天落雨。一落雨，非但不能出门，就连天上也无流云可观了，只能坐在房子里，听一天咚咚的雨声。

雨声一阵比一阵急促，它不顾江河水满，一点也没有要停歇的意思。

如果不落雨，这个季节，天上的流云是最好看的。晴朗的时候，天空碧蓝如洗，衬着靛蓝的山峰，朵朵白云柔软如絮，又慵懒、又安闲，在山巅之上徘徊整整一天也不离去。工作累了的时候，只要望一望窗外那些白云，心就会安闲下来。仿佛那云中有心，是同你的心一样安闲、甜蜜，如同盛开的莲花。又会觉得那些白云像神仙，像朋友，你终于想起他，望向他，他就对你会心而笑。

到了黄昏，西天彤云汇聚，霞光变幻如同火烧，俗名"火烧云"，那绝美则更非笔墨可以形容。

曹雪芹说："日暮西山餐晚霞"。我想，那晚霞，一定也只能是七月的晚霞吧。

前天傍晚，我同志勇爬到后山山顶之时，夕阳正落山，就恰好见到了那绝美的景象。

因是雨后新晴，远处群峰靛蓝如洗，清新无垢。群峰之上的天空，云层很厚，深蓝、青紫、绛红、彤红、各种颜色的云霞交织密布，如火如烧，瞬息万变。有那么一瞬间，远处的山峦失去光照黯淡下来，显得更加幽蓝深邃，而夕阳的光照却恰好落在山下的小镇上，整个小镇蓝瓦灰墙的建筑物，在黯淡下去的山谷里金光灿灿，宛如童话世界里的金色城堡，又如一颗藏在青山翠谷里的宝石，瞬间大放光芒。

我急拉志勇，说："看，我们的小镇！"

我没有带相机，准备拿出手机拍下那异美的瞬间。可是来不及了，只是一转眼，夕阳下沉，小镇就失去了金色的光照，变得平淡无奇了。仿佛刚才的一切，都只是一个幻象，就像是一个失陷多年的地下城堡，因一股魔力从山坳里涌现出来，又迅速消隐下去了。

其实，就算我能掏出手机，或是带了相机，也无法将那瞬息万变的云彩同光线呈现出来。用文字更不可能。那绝美的情景，只能如胶片一样烙在我的心上，是没有别的办法可以留住它的。

人生也是如此吧，再华美的人生也只是瞬间浮云。然而刹那即是永恒。尽力展现刹那芳华，便是生命的全部意义和美丽所在吧。

窗外仍然雨声滴答，淅沥不止。想起《荒漠甘泉》里的一句话："上帝啊，你的美意本是如此。"

2014 年 7 月 20 日　　晴

睡起读词

睡一个长长的午觉醒来，日已西移。海棠花又落了几朵，艳红如胭脂，掉落在白瓷花盆下。

电风扇还同睡前一样，送来自然的习习凉风，吹得我四肢困软乏力。山里夏天不热，空调基本可以不用，电风扇是最舒适宜人的常备之物，须臾不可离它。

蝉已经在高树上嘶鸣起来。今年雨水太多，天气也不热，它们出来得似乎比往年要迟一些。

小区里，不知谁家的小孩在练习钢琴。已经弹得很好了，琴音从楼下传上来，叮咚如山涧流泉。

窗外香樟亭亭，芭蕉冉冉，翠色一直漫流到我的窗台。

这夏日时光是多么宁静，又多么美好啊，有着丝绸般凉润的质地。想起正在苏州独游的朋友王亚，猜她此时大约正在某个巷弄的茶馆里享受下午茶。打个电话一问，果然，她说她正在寻找茶馆。

想象她穿着平底绣花鞋，在苏州巷弄里侧目寻找茶吧的样子，不禁莞尔。

放下电话，搬出《宋词鉴赏》来消磨属于我自己的夏日时光。今天读到的，是仲殊和尚的几首小词。

"十里青山远，潮平路带沙。数声啼鸟怨年华，又是凄凉时候在天涯。

白露收残月，清风散晓霞。绿杨堤畔问荷花：记得年时沽酒那人家？"

清新凉爽的夏日清晨，一个青衣和尚伴着晓风残月独行十里绿堤，无论他要去做什么，要去向何方，那都是入画的美景啊。

荷风送香，清风荡怀，一个人独享那样静谧的清晨，胸中哪里还存得住半点渣滓？

另一阕更美：

> "清波门外拥轻衣，杨花相送飞。西湖又还春晚，
> 水树乱莺啼。
>
> 闲院宇，小帘帏，晚初归。钟声已过，篆香才点，
> 月到门时。"

这仲殊和尚真是个贪玩的人。西湖春暮，他尽情游玩一天，心满意足，暮时才回归他所住的寺院。

寺院如家，正安安静静，等他兴尽归来。

他的脚跨进寺门之时，就如同家里的人才刚刚吃过晚饭一样，寺院的钟声才刚刚敲过，晚香才刚刚燃起，静谧无声。可以想见和尚归院的心情，是如何放轻脚步，静悄悄的，生怕惊扰了寺院的宁静。而户外月光却宛若知己，就在他的脚刚刚跨进寺门之时，它亦将清辉悄悄临照到寺门之上，伴他进门。

世上写月光的诗词无数，能空灵如此的，也实在不多了啊。

此词魂魄，尽在一个"归"字。

只有胸中空明如镜，宇宙万象才可如此纤毫毕现。

世间美景，不独在山林里，也在文字的再造中啊。在这个宁静悠长的夏日午后，我被仲殊和尚拉进那明月清辉、禅院空灵的妙景里去，神往痴迷，都不想再出来了。

2014 年 7 月 23 日　晴　大暑

虫音促促

今日大暑。

日夜相推，寒暑更替，夏日又将尽了。

大暑，顾名思义，是到了一年中最热的时候了。

今年夏天雨水多，虽时至大暑，其实也不热。夜里睡觉，打开窗户，拉开窗帘，让山谷里的自然凉风透过纱窗送进来，则连风扇也可不用。下半夜时，清露袭人，常常还需盖小薄被才行。

不关窗帘，透过纱窗送进来的，就不单只是自然的凉风了，还有那淡淡月色同密集如雨的虫声。

常常是躺在床上，细细分辨很久的虫音也睡不着。我不太认得那些翅翼类小昆虫，应当是金铃子、蟋蟀和纺织娘之类吧。它们伏在草丛里、树根下，被月光一浸，就齐声鸣唱个不停，如无数金铃齐摇，又如流水沙沙。

它们是要把短促的一生，都放在这热烈的吟唱声中度过吧。

夜色如水，窗外时光就在这沙沙声中点点流逝。

我说不清想过些什么，又似乎什么也没有想。久居深山，俗世纷扰原不在我怀中，我没有那种强烈的欲望，要从这世间得到什么，争取什么，但也从不抗拒世俗，正可谓"尘心消尽道心平"，一切只是顺应自然，随物化迁，原不应当再有烦恼。

可是，物候的变迁，时光的流逝，却又仍会让我常常黯然神伤，慨从中来。

也许是因为每天同自然事物相亲近，每天观察山林的变化，因此，对于时光的流逝和季节的变迁比以往的任何时候都更加敏感吧。这样的敏感让我对于美好的事物愈发充满温柔的珍惜之情，我对这个世界已舍不得苛责，舍不得抱怨，我只想怀着这样的温柔之情度过生命里的每一天。

可是，树木荣枯，虫音促促，我又还能度过几个这样的夏天呢？

2014年7月24日　晴

看不见的花工

不知进山时迎面碰上的这个女人是不是住这个小区，我面盲，就算见过几面的人再见到，也总是认不出。但估计不是吧，因为她说出的话让我觉得她对这个小区很不熟悉。她指着山脚下那间白粉壁的小屋问我说："这屋里住人了吗？我有天早晨听到有男人在里面说话呢！"

像是为了回答那女人的疑问似的，她话音一落，小屋里突然传来一声狗吠。女人吓得叫起来，"里面有狗哇？"

我笑了，说："这本来就是一间狗屋，里面关着小区保安养的狼狗。夜里，保安会牵狼狗出来在小区巡逻。"

她曾经听到的男人说话声，当然是保安训狗的声音了。

这间狗屋存在很长时间了，我常于清晨或黄昏进山时，听到屋里传来一两声低沉的吠叫，也偶尔听到有保安训斥狗的声音，但我从来没有靠近屋去查看过那只狼狗。小屋前有一株紫薇花树，窗台上一块纸板，上写着"小心狗咬"几个字。小纸板被满树紫薇花遮掩着，远看不容易发现。我不去查看狗屋，也不是怕被狗咬，而是出于本能不想去打扰一个不属于我的世界。这几乎是我的一种习惯。我对人也是如此，我很少去探究别人的内心和隐私，不去打扰别人的宁静，我以为这是对人最大的尊重。

在我刚搬来这个小区时，这间小屋其实还不是狗屋，是一间花工房。那时，小区的绿化工程才刚刚完成，这小花工房也才刚刚完成它的使命。花工房前面一块地，是一片苗圃，种植着杜鹃、蔷薇、万年青、小柏树、小香樟同小桂花树。小屋的廊沿上，还散落着一些花盆。后来，小屋周围被清理干净了，苗圃里没有移栽完的花木就一直让它们长在这小园里。再后来，这间花工房就做了狗屋了。

花工房做了狗屋之后，依然还是有花工在这山谷里工作。这里成片的杜鹃林、万年青总是隔一段时间就会被修剪整齐，上山的路径也总是打扫得很干净，草坪也常有人修剪。虽然我进山时从未遇见正在工作的花工，可每当我见到这些人为的痕迹时，我就觉得我在这些事物的背后遇见了他们，心里便会生起一种感动，觉得这是有人看顾的山林。

看顾，意味着爱。

那么，是谁在看顾这片更大的山林呢？是谁在给树木以颜色，给花朵以香气，给小鸟以歌声，给天空以四季呢？

我日日上山，就是希望有朝一日，我能遇见他。

2014年7月26日　晴

荷

还没来得及好好地去看看荷，荷就老了。

　　"越女采莲秋水畔。窄袖轻罗，暗露双金钏……"
　　"……桃叶浅声双唱，杏红深色轻衣。小荷障面避
　　斜晖，分得翠阴归。"

一想起荷，唐诗宋词里的这些江南采莲图就会浮现眼前。红衣绿影，越女轻歌，都会随着一叶小舟，分开荷叶拨开一条水路，缓缓而来。

荷花是我的姓名之花，是佛教之花，也是我的家乡之花。记忆中，儿时那些芬芳又美好的盛夏，几乎全是在荷池中度过的。几个扎着羊角辫的小女孩，躲在荷叶的阴凉之下摘花采莲；看水珠在荷叶上滚动倾落；看小鱼儿结成小队在荷叶下的水面游来游去；忍住痒让水底淤泥中小鱼小虾轻啄我们的足……那时，荷的芬芳常常会让我们玩得忘了天地时日。虽无文人雅士为我们那些僻壤之地的乡下小丫头的采莲歌咏，然荷于我，犹如从小一起长大的亲人，对它的钟爱之情，自那时便已深入骨髓。自来到湘西

大山里生活之后，二十余年来，却与它疏阔了。不是说这许多年来，就没有机会看荷赏荷，只是不曾特意去寻访过，有机会在某处路过荷塘时，也不过是站在岸边痴望一阵而已，不曾下塘与之亲近了。

不特意去寻访荷，很重要的一个原因，是因为它近年来已经成为文人墨客和摄影家的宠儿。我看到每年一到仲夏荷花开时，文人诗客，俊男美女就会纷纷开车奔赴有荷的景点，争相拍照留影，如赴盛会。我所喜爱的荷花，它已经得到太多关注，太多宠爱了，不再缺我这一份，所以我便愿意离得远一点儿。我是个寂寞的人，我愿意把更多的爱和关注，分给山谷里那些同我一样寂寞的野花野草。

我当然还是爱着荷的。在我心里，它永远那么洁净那么美，它的洁净和美并不会因为世人的趋之若鹜就减少一分。我虽然远离它，却在心里一直深藏着对它的爱，犹如心里含着深爱的人的名字，犹如河蚌含着珍珠。

没想到今日一早，朋友却来电话相约，邀去西洞庭湖区采摘莲子。我深深一笑，敛尽心思，欣然前往。

西洞庭湖区正算得是我的家乡。我在心里轻轻说：家乡的荷呀，我来了。

一入湖地，便见荷塘边已经停立着两叶小舟。约我们前来的朋友正是西洞庭湖区长大的人，他见船见荷如见亲人，上船即撑篙。我们几个女人也笑笑，提裙上船。

尖尖的船头分开荷叶同水面，缓缓前移。莲子很多，皆微低着头立在荷叶下，满心羞涩的样子。人坐在船舱里，一伸手即可折一枝。可真是"低头弄莲子，莲子清如水。"

一会儿工夫，船舱里已被我们堆满了许多绿色莲蓬。

大暑已过，塘里荷花已经不多了。荷叶边缘有些微残枯，但依然碧翠，且皆亭亭高过人头。炽烈的阳光透过荷叶同荷叶的缝隙投射下来，水面上光影闪烁不定，那团团光斑又反射在高低不一的荷叶上，整个荷池里绿影参差。

若站在岸上远观，却只会见得我们的人面与衣衫随着船行，在红花绿叶中时隐时现。此情景，正是唐诗宋词里江南采莲图的模样吧？

只是这幅图画里的采莲人，既不像童年时那样物我两忘，也不像江南采莲图里的越女那样多情了，心里有的，只有一种如水的安然与恬淡。我伸手折了一枝开得正好的红荷，轻轻捻动荷梗，看花瓣中那黄流苏一样的花蕊围着莲座轻轻转动，只觉得那花即是我，我即是花，彼此深深懂得，从未分离。

我情不自禁地望花微笑了。大暑已过，秋风将起。我们都知道，我们将会同这满塘碧荷一起，怀着同样宁静如水的心思，在时光里静静等待秋风的来临，等待着在秋光里慢慢老去。

2014年8月2日　晴

牵 牛 花

早晨起来，看到阳台上花盆里的牵牛花又开了几朵。

在我所种的花草里，我最喜欢的花就是牵牛花了。那是因为它花形可爱，也因为它安静的缘故吧。

牵牛花有白色、粉红色、雪青色、紫蓝色等多个品种，同打碗花很相似，应当同属一科吧。夏末初秋，行走在山路或田郊时，常常能逢着它们的身影。它们多牵着藤蔓匍匐在树下或草丛，花开得也不多，三朵五朵，一个个圆圆的小喇叭，那样子就像是刚刚从地面下偷跑出来的几个孩子，正侧耳倾听山林的动静。

逢着这样的花时，我总会蹲下身子，独自含笑地望它们一会。那时候，我会以为我读懂了一点它们的小小心思，其实并不懂。

我阳台上的牵牛花种在一个高架盆里，种子是某年冬天我从郊外的雪地里采来的。

大暑过后，我花盆里的牵牛花就开始开花了。开的是蓝颜色的花，花瓣细滑如薄绸，至花心渐变为白色，细嗅有微甜的清香。我每天早晨起床第一件事，就是到阳台上去望望它们。几乎每天清晨，我都会发现花架上又有新的花开了，一朵、两朵、三朵、最多的时候多达五朵。纤薄的花瓣明净无尘，对着窗外晨曦静静张开它们的小喇叭，似歌唱、似呼唤、又似在等待什么。

上午十点左右，太阳光开始变得强烈的时候，这些清晨才开放的花朵就紧紧收拢了它们的小喇叭，心甘情愿就此萎谢，再也不肯打开了。次日再开的，是一朵新的牵牛花。它们就像那些极为珍惜自己容貌的女子，只肯把自己清新的容颜在最美的、蓓蕾一样的青春里稍稍展现一下，便再也不肯让世人瞧见它们的姿容了。我想，这样的花，为什么没有取名"朝颜"，却会叫作"牵牛花"呢？上网百度一查，它居然真有一个日本别名叫"朝颜"，不禁莞尔。可我还是喜欢"牵牛花"这个名字，一见这三个字，就好像见着了它们牵牵绊绊的藤蔓和圆圆可爱的小花朵，有清新自然的田园气息。而"朝颜"、"夕颜"，却只能让人想到一个十五六岁的女子，而且是《源氏物语》里那些薄命的日本女子。

看着这些花，我就会想起我最初采来种子的那个地方——小竹溪菜地边的一个小山坡。如今，那片山坡被越来越茂盛的野生葛藤、野生苎麻和大量的芭茅草完全占据了，娇弱的牵牛花已经被它们挤走，完全没了踪影。

这么说来，算不算是我给了我花盆里的牵牛花以生命呢？很显然也不是，我只是年复一年的收集种子，将种子埋在花盆里，可我没有给过它们颜色，没有给过它们香气，也没有给过它新的种子，更给不了一朵花的灵性。它们的生命，似乎另有它们的来路。

我的牵牛花原是生于野外的，它们年复一年被囚禁在我的阳台上，虽然每天还是那样殷勤地开，又欢喜又安静的样子，可是否也会感到寂寞呢？是否也会生一种叫思乡的病呢？

今年谷雨时，我把去冬收集的种子撒播了一部分在后山上。我要让它们与清晨的露水、阳光、来访的昆虫、飘落的树叶，以及身旁的野草野花为伍。那样的牵牛花，才会是有故事的牵牛花吧。

昨天清晨，我谷雨时种在山道旁香樟树下的牵牛花才开了第一朵。今天又看见开了一朵，小小的喇叭，在初秋的清晨里，蓝得娇弱又纯粹。我蹲下身子查看它时，忍不住在心里悄悄问："亲爱的小东西，你还认得我吗？"

第三辑

秋

2014年8月7日　小雨　立秋

季节转身

今日立秋了。

早起进山时，细雨如雾，凉风迎面，空气中忽然就有了秋的丝丝凉意。

才立秋而已，如果不是昨夜凌晨一场暴雨，气温原不应当有如此明显的变化。

昨夜下暴雨之前，天气燥热，让人辗转难眠，至夜半时分，终于电闪雷鸣，狂风大作，仿佛是夏神同秋神在交接时分正进行着一场激烈的交战。过不久，暴雨倾盆而下，至晨方歇。

秋就这样战胜了夏。暴热的夏像一位失败的将军，就这样在夜半时分悄悄撤退了。

迎着凉风细雨缓缓步入山谷，只见山径上有了许多被昨夜暴雨催落的黄叶。细雨洒落在树林里，窸窸窣窣地响，竟然点点滴滴都是秋凉意了。

在立秋日这样特殊的清晨，我怎能不上山来迎接呢？槭树、枫树、山毛榉、野茶、云杉，它们全都在昨夜悄悄换好了装，约好要同我一起走向秋天。

哦，那金色的，简净空阔的秋天！

在大自然的日历里，立秋是一个特别的日子。从立春到今天之前，山林一直做着加法，仿佛上帝手中握着一支画笔，一笔一笔给山林加深颜色。一棵棵绿树、一朵朵繁花、一声声鸟啼，一泓泓春水，他画得细致而耐心，直至翠色漫流，淹没山谷。

今天之后，季节转身，山林要做减法了。天空要抬高，地气要下陷，湖水要退后，树木要褪尽绿装，大自然要重新还给山林简净与空阔。

我也已经做好准备，要同季节一起转身，一起做减法。

在山林变得简净与空阔之时，我必定也是简净与空阔的了。那时，我一定还会站在这里，站在满山疏阔的空径里，寻找一条道路，一条通向你，也通向我的路。

2014年8月9日　小雨

梧桐叶落

低头于药房前走过，毫无征兆的，一枚叶子飘落下来。

叶子掌形，青中带黄，悠悠的，打着旋儿缓缓飘下，如同秋蝶。

是梧桐树的叶子。

哦，是啊，已经立秋了，难怪梧桐叶落了。

万物各有特别性情，据说梧桐能"知闰"、"知秋"。清初陈淏子《花镜》里有载，说梧桐叶随年而长，每条枝上生叶子十二片，左右各六，如遇闰年，则还会多生一叶。而"立秋解一"，到了立秋日，梧桐树便会落下它第一片叶子，因此有"梧桐一叶落，天下皆知秋"的说法。

陈淏子近乎花魔，明亡之后不愿为官，只一心读书和种植花草。他痴魔般垦植自己的园林，研究各种花草植物的生长习性，一生心血著成《花镜》一书。那是一本了不起的花木之书，不仅详记各种花木的生长习性、栽培之法同园林的布置美学，且句法高妙、文辞优美，审美情趣极高，热心种植花草的人不应当错过。

我不曾细数过梧桐树的叶子，不知是否当真每枝十二叶，闰年还会多生一叶。陈淏子所言，应当不差，有机会，自当细查。不管此说是否属真，但梧桐树的确是秋天最早落叶的树。

丰子恺先生也曾对梧桐叶落凄然有慨，他写道："一个月以来，我又眼看见梧桐叶落的光景。样子真凄惨呢！最初绿色黑暗起来，变成墨绿；后来又由墨绿转成焦黄；北风一起，它们大惊小怪地闹将起来，大大的黄叶子便开始辞枝——起初突然地落脱一两张来，后来成群地飞下一大批来，好像谁从高楼上丢下来的东西，枝头渐渐地虚空了，露出树后面的房屋来，终于只剩下几根枝头，回复了春初的面目。这几天它们空手站在我的窗前，好像曾经娶妻生子而家破人亡的光棍，样子怪可怜的！"

读到末一句，真让人凄然泪下。

梧桐初生时是很好看的。梧桐树高达数丈，早春时，枝干光秃秃的，难看得很，但几场春雨，几度春阳，枝条上便茁出许多圆圆小小的嫩黄新叶，片片如小铜钱，稚气可爱。那时从树下走过，总忍不住要抬头张望。新阳乳芽，如新生婴儿一样让你心生柔软。

过不了几日，铜钱般的新叶便长大长密，片片碧如翡翠。那绿，又会盈盈地汪在你心里，滋长、蔓延……

"凤凰鸣矣，于彼高冈。梧桐生矣，于彼朝阳。菶菶萋萋，雍雍喈喈。"《诗经》里吟咏的，也就是这样的情形。那样明媚的高冈与朝阳，怎不令人向往呢？

盛夏时，梧桐树浓荫蔽日，水汽氤氲，时有一些老病人在树下小憩。低头从它的林荫下走过，则心里安然如水，清凉舒适。

这一切还恍如昨日，可是这么快，一场新的轮回就又开始了。秋风一起，这满树梧桐叶又开始飘飘扬扬，辞别枝头了。

哦，这飘飘扬扬的梧桐叶啊，你们携带着高冈的朝阳，携带着盛夏的秘密，携带着一生的爱恋与悲欢，是要去向哪里呢？

你们是要去往大地的深处，去那里交上你们生命的答卷吗？

2014年8月10日　雨

米　兰　花

秋雨潇潇地落。

我坐在书房，对着窗外青山读泰戈尔的《新月集》，鼻端突然嗅到一缕幽幽暗香。我仔细辨别这香味，深深吸了几口气，将它们吸进肺里。然后，我忽然想到，是的，这一定是窗下阳台上我米兰花的香气了。

这盆米兰花是初夏时，我上班途中在一个卖花老大伯手中买下的。那老大伯拖着一辆木板车在马路边卖花，板车上花的品种不多，只有几盆米兰、几盆吊兰、几盆虎皮兰同几个小盆的仙人掌仙人球一类的沙养植物。矿山没有花市，也很少有人担花来矿里卖，所以既然逢上了，我想我应当买一点。

"老师窗前有一盆米兰，小小的黄花藏在绿叶间……"

小学时学唱的这支歌我一直没有忘记。唱那歌的时候，我一直想象着那样一盆不知开在哪扇窗前、我并不认识的米兰，心中对它十分向往。这么多年了，我依然一直不认识米兰，只觉得它应当是安静的、素朴的花，至今还默默开在某个乡村教师的窗前。

我虽一直没有见过米兰，可一见到老伯板车上那几盆矮小而枝叶婆娑的植物，却直觉到它就是米兰。

"这是米兰吗？多少钱一盆？"

"十五块钱一盆。你看，都要开花了。"老伯指着枝叶顶端簇簇粟米一样的绿色小花蕾对我说。

"开花香吗？"

"香！香过几间屋呢。"

我笑了，选了一盆抱下来。连同抱下来的，还有一盆小小的虎皮兰。

米兰抱回家之后没几天，那些翠绿的小粟米一样的花蕾就变成了金黄色，顶端裂着一个小口子。那就是花已经开了。我对着花嗅了又嗅，又用手往鼻端轻轻扇风，却没有嗅到花香。我暗自笑了，心说：老伯好夸张，还说香过几间屋呢。

立秋之后，我在给花浇水时，发现米兰又开了它的第二季花。我没有再蹲下来嗅它的花香，我以为它是不香的。没想到一场秋雨，却把它的花香都压住了，逼在了屋里，让我嗅到了它。

有些花香是属于阳性的，香气热烈，太阳越晒，越香得醉人。

而有一些花香是属于阴性的，越是在雨中，在月下，才越会散发出幽幽的暗香，于不经意间将你缠绕。米兰花的香，就属于这种阴性的暗香吧。

我放下书，出来走到阳台上，蹲在花盆边细抚米兰的花枝，仔细欣赏那一簇簇细巧如粟米的小花，心想，这毫不起眼的小花终于拼尽力气，用它的香气打动了它粗心的主人，赢得了它主人的爱和感动，它一定也十分欣慰，暗自得意吧？

"兰之猗猗，扬扬其香。不采而佩，于兰何伤？"米兰也是兰，兰之高洁，不以无人而不芳。其实它何曾想到要以香气来打动我呢？我自为多情罢了。

2014年8月13日　雨

秋凉晚饭花

立秋之后，连续落了好几天的雨，天便凉了，秋声也浓了，针织外套都被我翻出来穿在了身。

伏案工作了一天，听了一天潇潇的雨声，脖子有些僵硬，起身踱步到走廊，趴在窗台上看一会门诊楼后的青山。

青山脚下一小片菜地，几栋小民屋。黄昏秋雨中，小民屋几分温暖，几分寂寥。

忽然，在一栋小民屋的院子前，我看到了一大丛默默盛开的晚饭花。

晚饭花又名紫茉莉、胭脂花、洗澡花，要在夏末时才开得最好。汪曾祺有一篇极短的小说《晚饭花》，他说，晚饭花就是野茉莉。

因为是在黄昏时开花，晚饭前后开得最为热闹，故又名晚饭花。

晚饭花的确是黄昏时开得最好，白日阳光强烈时，花瓣就像牵牛花一样收拢了。但在阴雨天，晚饭花白日也开花的。

晚饭花虽名紫茉莉，其实与茉莉一点也不像。晚饭花是小喇叭形，紫玫红的颜色，花形纤薄。单看一朵花，它就像邻家粉嫩的小女孩，娇俏可爱。

晚饭花爱热闹，当暮色来临，炊烟袅袅，主人家聚拢在灶屋里吃晚饭时，它们就在庭院里开得如火如荼。一大堆浓绿的枝叶，一大堆紫玫红小花，实在有烟火人间的温暖和热闹。

我总以为，种植晚饭花的庭院，应当养有三五个孩子才最为相宜。且家庭不必太过富有，晚饭花没有兰花梅花的高洁，没有牡丹芍药的雍容，当不起金玉满堂的富贵气。当然也不能太过寒苦，太寒苦则失其俗世温馨。它是属于黄昏时的米饭香和暖融融的天伦之乐的。大约如丰子恺老先生那样清淡又和睦的家庭，就最为相宜吧。

在我小的时候，院子前也种有几大丛晚饭花。夏日傍晚，吃过晚饭之后，那些紫玫红的小花就一朵朵都开了，有茉莉般淡淡如水的清香。我的父亲母亲会带着我们一群孩子，到院子里竹床上去纳凉。夏夜蚊子很多，院子里熏着艾烟，我们摇着蒲葵扇，望着天上的银河、听父亲母亲讲牛郎织女的故事。妹妹五六岁，天真可爱，不听故事的时候，她就常常跳下竹床，站在那一排晚饭花前，一本正经地给我们唱儿歌背唐诗。她会把她所有会唱的儿歌唐诗都唱完背完，来哄得我们全家人开心。

夏夜星空如水，妹妹唱得忘情，而那些紫玫红的娇俏小花就在她身后清清静静地开，散发着水润清香。

镜头一转，半生已过。当时姊妹，各自飘零。

黄昏烟雨中，山脚下小民屋前的晚饭花已经所开不多，大约只有二三十朵吧，缀在浓绿的枝叶里，静静的，花形还是那么天真可爱，却显得几分清冷，几分寂寥。我痴望了很久，也不见那家人里有小孩子跑出来街沿上玩。

2014年8月16日　晴

蝉鸣秋空

终于晴了，天气又热起来。窗外阳光朗烈，一只秋蝉在我书窗外高树上不知疲倦的嘶鸣。

"垂绥饮清露，流响出疏桐。居高声自远，非是藉秋风。"咏蝉的诗句，当数虞世南的这一首格调最高，也最形象吧。

我不明白一只小小的蝉何以能发出那么高昂的声音，我觉得那根本就不是一只昆虫在鸣唱，而是一台高分贝的、不知疲倦的马达在轰鸣。它那高昂、饱满、尖锐而又毫无停顿间隙的声音塞满了整个天空，几乎令我无法思考。

有一个人同我一样难以忍受蝉的嘶鸣，可是他比我浪漫有趣多了，他花了很长时间去观察和研究蝉。他就是《昆虫记》的作者法布尔。法布尔是法国的一名中学老师，同时也是一名非常严谨又非常浪漫的昆虫学家，有着同孩子一样的好奇心与求知欲。他在《昆虫记》中这样写道：

> "蝉是非常喜欢唱歌的。它翼后的空腔里带有一种像钹一样的乐器。它还不满足，还要在胸部安置一种响

板，以增加声音的强度……

蝉与我比邻相守，到现在已有十五年了，每个夏天差不多有两个月之久，它们总不离我的视线，而歌声也不离我的耳畔。我通常都看见它们在筱悬木的柔枝上，排成一列，歌唱者和它的伴侣比肩而坐。吸管插到树皮里，动也不动地狂饮。夕阳西下，它们就沿着树枝用慢而且稳的脚步，寻找温暖的地方。无论在饮水或行动时，它们从未停止过歌唱。

所以这样看起来，它们并不是叫喊同伴，你想想看，如果你的同伴就在你面前，你大概不会费掉整月的功夫叫喊他们吧！"

法布尔怀疑蝉是否听得到自己的鸣叫。于是，他弄来两只火铳，在窗外蝉鸣时，他同几个人一起对着窗外放火铳。他是这样写的：

"有一回，我借来两支乡下人办喜事用的土铳，里面装满火药，就是最重要的喜庆事也只要用这么多。我将它放在门外的筱悬木树下。我们很小心的把窗打开，以防玻璃被震破。在头顶树枝上的蝉，看不见下面在干什么。

我们六个人等在下面，热心倾听头顶上的乐队会受到什么影响。'碰！'枪放出去，声如霹雷。

一点没有受到影响，它仍然继续歌唱。它既没有表现出一点儿惊慌扰乱之状，声音的质与量也没有一点轻微的改变。第二枪和第一枪一样，也没有发生影响。

我想，经过这次试验，我们可以确定，蝉是听不见的，好像一个极聋的聋子，它对自己所发的声音是一点也感觉不到的！"

　　这真是多么有趣啊，如此热心而不知疲倦的歌唱家，半夜三更也要不眠不休把人吵醒的歌唱家，却原来是对自己所发出的声音完全不自知的。

　　法布尔说，未长成的蝉要在地下自己挖掘的洞穴里生活长达四年之久，而此后，它在日光中的歌唱不过五个星期便要死去。他说：

　　"四年黑暗的苦工，一月日光中的享乐，这就是蝉的生活，我们不应厌恶它歌声中的烦吵浮夸。因为它掘土四年，现在忽然穿起漂亮的衣服，长起与飞鸟可以匹敌的翅膀，在温暖的日光中沐浴着。那种钹的声音能高到足以歌颂它的快乐，如此难得，而又如此短暂。"

　　是啊，生命如此热烈又如此短暂，我对窗外这高昂不休的蝉鸣，也不能不油然而生怆然的敬意和感动了。

　　还是不要嫌烦它的吵闹吧。"倚杖柴门外，临风听暮蝉"，也未尝不好。

传说中的彼岸花

这段时间，姐姐妹妹带着孩子们在这里度假。同她们一起上山时，姐姐指着大树脚下几茎红艳艳的野花问我："这就是传说中的彼岸花吗？"

我说是的。她笑说，果然好奇怪。

农历七月半，也就是俗语称的"鬼节"之后，天气渐渐转凉，这时候，若还按照夏日里惯常的习惯，晚饭后去山上散散步，就很有可能会遇见这种花。遇见时心里会一惊：好奇怪的花，什么时候钻出来的？昨天还不见呢。

这种花开得很突兀，无枝无叶，就那么一枝长茎孤零零立在黄土上，顶端开一朵颜色血红的花。花瓣细长须状，长舌般向后翻卷，花蕊纤长如舞，艳丽妖娆得几分诡异，让人本能的不想去亲近。

我曾经苦苦查询这种花的名称。听人唱"山丹丹花开红艳艳"，想是山丹丹花吗？立即百度去查，不是。又听人讲"凤凰花"，想这花的花瓣很像凤尾，又立即去查，风马牛不相及。最终得知它叫"彼岸花"，是从某文友的一篇博文里。我立即百度去查"彼岸花"，才算揭开了它一直神秘的面纱。

彼岸花，又名曼珠沙华，名出《法华经》，意思是开在天界之红花。这种花生生世世，花叶两不相见。又传说它是开在冥界的唯一的花，是黄泉路上的引路花。

我一直想，冥界的黄泉路上，真的开满这样的花吗？若果这样，那条路倒也少了许多孤单。可既然是彼岸之花，却又为何开在此岸呢？是为了暗示什么吗？如若不然，则又为何恰恰开在鬼节前后呢？

得知了它的名称，回头再翻《本草纲目》，才发现里头也有记载。本草纲目里，它的名字叫石蒜，记之如下：

> 时珍曰：石蒜，处处下湿地有之，古谓之乌蒜，俗谓之老鸦蒜、一枝箭是也。春初生叶，如蒜秧及山慈菇叶，背有剑脊，四散布地。七月苗枯，乃于平地抽出一茎如箭杆，长尺许。茎端开花四五朵，六出红色，如山丹花状而瓣长，黄蕊长须。叶、花不相见，与金灯同。其根状如蒜，皮色紫赤，肉白色。有小毒。

得知这种花又叫石蒜，就觉得它也有了一点人间的烟火气，平实多了。

可我宁愿相信它当真是开在黄泉路上的彼岸花，那样，我就可以想象那个不可知的幽冥世界，也是一个有光有色，有情有意的有情世界，是不必惧怕，甚至是可资盼望的了。

2014年8月20日　晴

桂花这么早就开了

入秋之后，天亮的时间渐渐推迟了。我依然起得早，五点半就起床了。下楼后晨光未明，小区里没有行人，且因连日落雨，天气凉爽，清凉的风拂在胳膊上，竟隐约有了深秋的况味。

跑完步上山时，天色依然青淡，幽微未明，我独自缓缓步入山林。

相比夏末，山林已不那么碧翠。露水淡了，蛛网少了，山径上多了许多枯黄褚红的落叶。青蒿茅草亦都开始枯凋。道旁野麻叶已虫蚀残破，微风一卷，露出叶片背面一层白茸茸的反光。

秋虫还蛰伏在草丛里，低低鸣唱着，似怨如诉。

在这微凉的清晨，我忽然有些伤感。我近乎半隐居的生活在这深山里，自谓清静，远离喧嚣，可是无论以什么样的状态生存，或隐或显，或语或默，究竟又有什么可以敌得过时光的脚步呢？

像是为了安慰我似的，忽然之间，我嗅到了一股熟悉的甜柔清香。仰头一望，原来是桂花开了。

"才八月，桂花这么早就开了呀！"我禁不住心里一惊，随即莞尔。

一小簇一小簇淡黄如粟米的桂花藏在枝叶里，就像我多年好友似的，悄悄对我巧言轻笑。我忽然觉得，这些善解人意的秘密小花，就是这座山林所给予我的奖赏，是给我这个深爱它的人的秘密奖赏。也许桂花原不会在今天清晨就开呢，是山林知我惆怅，才特意给我这一树花香的安慰。

我同这座山林，从来不乏灵犀。

望一会桂花树，独自微笑的低了头，继续缓缓上山。

"要爱你的寂寞。"我想起这句话。是里尔克说的吧。

转过山道，我看见我种在野茶树下的牵牛花又开了一朵，小喇叭朝着天，蓝得明净又纯粹。草坡上种的韭莲，也抽出了一茎毛笔样淡红花苞。灌木丛里则藏满了果子，有野茶果、金樱子、云杉球果。还有一种木质荚果红艳艳的，一簇簇挂在一棵矮树枝头，看上去像簇簇红花一样。

一切还是那么安静又美好啊！

登上山顶凉亭，天空渐渐明亮起来。群峰如黛，沐于朝云雾海之中，静默如同哲人。

凉亭旁的草丛里，一种醉草的野浆果也熟了，像一长串一长串的小灯笼、小南瓜。小浆果已经红得发紫发黑，只要轻轻一捏，饱满的汁液就会染紫手指。

山顶上清凉如水，只有小山雀在树林里"叽叽叽叽"，轻柔叫唤着。

我在凉亭坐下，想象着山林里这些叽叽叫着的鸟儿，将会在一整天的时间里，如何闲闲地来啄食这些野浆果、野草籽。

它们也会寂寞吗？

秋天来了，万物凋敝，它们是欢喜无虑的只顾啄食，还是会同我一样，也会因为季节的变化而感伤，而无奈呢？

这个早晨，我在凉亭里坐了很久很久。

2014年8月23日　晴　处暑

生命是叶尖上的露珠

　　今日处暑。

　　处是止、隐的意思。秋天已经过去半个月了，山林已在悄悄收敛暑气，敛藏果实。

　　我依然每天清晨踏着露珠同林间的草屑落叶缓缓上山，同山上的芭蕉、香樟、栀子、野茶，彼此像老朋友一样默默招呼，感受它们细微的变化。

　　我看到金樱子已经被秋阳涂上了淡黄颜色，有了微甜的味道。

　　看到橡粟树圆溜溜的果子悄然藏在了枝叶间。我轻轻摘下一颗，剥下它的小帽子，记起儿时用细竹签插在橡粟树的果子上当陀螺来转，同伙伴们比赛谁能转得更久的情景。

　　到达山顶凉亭的时候，我照例会在凉亭里静立一会，尽情地呼吸吐纳，看一看延绵不尽的远山，看一看山尖涂抹的微云，聆听汽车在山谷里高速路上悄然驰过的声音。

在清晨的宁静时刻，我的心里总是清静又空明的。

这段时间，妹妹欣庭带小瑞从台湾过来度假，姐姐也带着孩子们从老家过来相聚，整整一个月，家里每天安排八个人的饮食住宿，热闹非凡。这一个月里，我基本废止了夜间的瑜伽练习与阅读，每天夜饭过后，就坐在客厅里给孩子们泡茶，陪他们吃零食，看电视，尽情享受浓郁的亲情。我所没有废止的功课，就是每天清晨的晨跑同上山了。这是这段时间里，我在一天当中唯一能够独享的宁静。

我喜爱这样的宁静。

可是我却没有办法把我在山上体悟到的清真与欢愉，告诉山下正在熟睡的我的孩子们。我所能提供给孩子们的，似乎只有物质上的东西：食物、衣服、书籍，我尽最大的所能去满足他们。对于孩子们来说，我这个姨妈富有、慷慨，真心爱护他们，是他们的好姨妈。可是我怎么才能让他们明白，世俗的生活在此，生命真正的享受却在彼呢？

同妹妹欣庭常有信仰之辨。妹妹是虔诚的基督徒，她的心里有神的烛照，有大光明，因此总是企图说服我信奉上帝，希望我能为死后的永生做准备，得着她所说的永恒光明。可是信仰是没有办法强迫的，我无法强迫自己信奉一位我无法相信其存在的神。近段时间读《传习录》，倒觉得王阳明的心说才真正暗合我这几年的体悟，因此读来有大喜悦。在我们的生命之外，在我们的心之外，确有我们无法认知的时空存在，可如果没有了我们的心来感知，那个世界究竟是永恒的光明还是永恒的黑暗又有什么分别呢？我们所能把握的只有此生。时时克除妄念，拂拭尘埃，修得此心清静光明，让世间纷纭万象如镜照影般在心上掠过，妍媸自现，却不留刻痕，才能获得真正的平静喜乐，享受到生命真正的欢愉。

在永恒的时空里，在我们生命之前和之后的永恒黑暗之间，我们有感知有光明的生命的确是美丽又短暂的。它短促如美人唇边的微笑，如河面上的清风，如清晨叶尖上的露珠，如掠过天空的飞鸟的翅膀。我们的一生，其实都只是在时间的边缘舞蹈，至美至凄凉。

亲爱的孩子们，物质生活只是维持生命的基础，怎样才能珍惜和享受如此短暂又如此美丽的生命，才是重要的事情。可是，那也只有等你们自己来体悟了。

2014 年 9 月 6 日　　晴

篱墙下的木槿

正午时分，秋阳炽烈如发光的锡片，闪耀着金属的光泽。白色云朵在山尖上流连不去，一动不动。通往村庄的道路已被晒得发烫发白，路上没有了扬起的尘埃，没有了行人。

柳树上的蝉已经唱倦了，嘶哑着嗓子。漆树上的叶子也被晒蔫了，耷拉着脑袋。

世界那么安静，只有粉色的木槿花还在篱墙外盛开着，不惧骄阳。只有你，穿红衣服的小女孩，还独自坐在木槿花的篱墙下，一片一片地扯着木槿花瓣，没有回家。

我不知道你为什么不回家。家里的人都像这个村庄一样，沉浸在午睡中了吧。

Shan Lin Ri Ji
山林日记

150

世界都沉浸在蜜一样的午睡时光里。只有蝉还在高树上鸣唱着，只有木槿花还在开着，只有你还在世界的一隅，独自玩乐着。

那是粉色的，单瓣的木槿花。花瓣五片，腻如细绸。花心微红，一根玉蕊如柱立于花心。蕊柱上堆着花粉，粉嘟嘟的，一碰，淡黄花粉就纷纷掉落，沾满了手。我不知道那长着玉蕊的微红花心会一直通向哪里，也许顺着它，就能一直通往秋天的深处，通往宇宙的中心吧？

我不知道木槿花的花心会通向哪里，就像我不知道你的孤独会带你通向哪里一样。也许你们通往的是同一个方向？

木槿花朝开暮陨，它的一天就是它的一生。它在蝉声嘶鸣的寂静时光里，收集着秋日的阳光；收集着遥远的风；收集着河流和路人的歌吟；收集着蜻蜓蝴蝶带来的消息……

暮色降临时，木槿花会紧紧抱拢它的花瓣，抱紧它的梦想，抱紧它的爱恋和它的生命故事，走向时光永恒的黑暗深处。

阳光炽烈，你坐在篱墙下的阴影里独自玩乐着，木槿花在你身旁静静开放着。亲爱的小女孩，我不知道，你是否也收藏着和木槿花同样的故事，在你小小的心里，是否充满了这个世界的孤独和忧伤。

如果我就是这个世界的造物主，如果我就是这个世界的主宰，我真愿意让时间只为你一个人存在，真愿意把这个世界的一切都给你，秘密的给你，只为了让你欢乐。

哦，也许在你满怀着这个世界的孤独和忧伤的时候，在同一朵木槿花相依相伴的时候，我已经把世界的一切都给过你了，把整个世界都给过你了。

秋　溪

蓝天高远，阳光明艳。

缓步入溪村，郊野里草木渐凋，虫音细碎，空气里弥漫着秋日阳光暖暖的香味。这香味里，有成熟稻谷的香味，山野浆果的香味和秋葛野花的香味。

秋葛牵绊在田埂渐枯的茅草丛里，开着淡紫细碎的花，寂静又安然。

白色秋蝶成双成对，在葛花枯草里翩翩飞舞，叫人无端想起"晚娘"一词。

道旁水田里，稻穗已沉甸甸垂下，金黄的色泽染醉了山谷。

溪水在山脚下淙淙流淌。相比春夏，秋日溪水在岩石上叮咚敲击的声音更为空灵、清亮。

阳光在溪面斑驳，如同洒下无数碎银子。

水底卵石清晰可数。

游鱼、小虾皆骨骼透明，在水里游来游去，逍遥自适。

它们是为了遁世，才逃到这深山幽谷里来的吗？

河滩上是成片的卵石，一颗颗圆溜溜，被多年的河水冲刷得又干净又白亮，现在又被阳光晒得发暖发烫。河滩上还开着许多细碎的草花，紫的、白的。还有许多紫的红的野浆果，也艳丽如花。

蜻蜓、白蝶、豆娘在河滩卵石和杂草里飞来飞去，一会儿停在草叶上，一会儿停在野花上，一会儿又飞去水面同游鱼小虾窃窃私语。

其实是可以拣一些卵石的，拣一些形状圆润，花纹图案漂亮适宜绘画的卵石。我有一位山里的朋友，像三毛一样，也喜欢画石头，且专画古书上的仕女图。那是一个不错的爱好。如果她在这里，一定会拣很多石头吧。

当然，这些石头不画就已经很漂亮了，阳光、风和流水的冲刷，给它们描绘出天然的色彩和纹路，已经美得无以复加。

山里农妇懒得捡石头画石头，她们把洗干净的白色蚊帐、花花绿绿的床单都铺在这些干净白亮的卵石上曝晒。然后，她们的人就不知哪里去了。

河滩这样安静，白云这样悠闲，我也不想捡石头画石头，我只想躺在河滩上，让阳光把我也晒成一枚发暖发烫的卵石，在河滩里做一个长长的白日梦，梦到自己变成游鱼小虾，变成野草葛花，变成蜻蜓豆娘……

2014年9月8日　晴有阵雨　白露

中 秋 月

今日白露，又恰逢中秋，两节相逢，殊为难得。更为难得的是，黄昏时突降一场暴雨，消尽暑气，洗净秋空，让人倍感神清气爽。

原以为落了雨，今夜会无月可赏了。可夜饭过后，暴雨已歇。吃了几口月饼，喝了一盅朋友从云南丽江带回来的普洱糯米香茶之后，踱步到阳台，只见天空雨云散尽，一轮明月又大又圆已经挂在了秋空之上。

我情不自禁地笑了，想天公带底厚待人，在今天这个特别的日子里，有谁不希望能看到月亮呢？

推开落地窗，凉风迎面袭来，但见天空明月越发皎洁生辉，宛若有情了。我禁不住它的呼召和诱惑，拉了志勇说："外面好凉爽，下楼走走吧。"

赏月自然是临水才好，"素月分辉，明河共影，表里俱澄澈"。

山顶凉亭赏月当也不错，"花间一壶酒，对影成三人"。

但我同志勇并不去寻那样的地方赏月，只是在小区里随意走走。因为我们知道，在今夜多情的月光下，任何一个无人抵达的角落都会是零露清辉、花光月影的美景。对于那样的美景，我们不应当去打扰它，而是应当让它们安静的存在于那里。就如洞庭湖上的张孝祥，时间过去了上千年，只要我们不去打扰他，他就依然荡舟于今夜的月光之下，荡舟于洞庭湖的清波之上，晶莹澄澈如冰雪。

想来，今夜官庄境内的每一处曲栏水榭，每一处亭台楼阁，也一定不乏喝酒赏月的小情侣、小夫妻吧。人间多少柔情蜜意，都在今夜如水的月光下静静流淌。

因落过雨，空气清凉如水，小区别墅前的桂花暗香涌动，花圃草丛里虫声如金铃，碎碎不绝。

志勇忍不住掏出手机给月亮拍照，说："月亮真亮！"

一会儿又说："桂花真香！"

我也忍不住笑了，知他言不尽情。

月光那样明亮、皎洁，如同美人的明眸一样多情，我仿佛又看见了我慈爱的母亲，正在那月光里注视着我们，深情含笑。

十五年前的中秋，在广州番禺同志勇、姐姐、妹妹和母亲一起，坐在租屋的露天阳台上吃月饼，用望远镜赏月时，我的母亲就是这样深情含笑的。篱墙上的白菊花在她身旁散发着脉脉幽香。

母亲虽已不在人世，可今夜的月光还是当年的月光啊。它深深的明眸把一切存在过的事物都记着，珍藏着，历历分明。

不由得又想起《诗经》里的句子："月出皎兮，佼人僚兮……"

我悄悄握紧了志勇的手。

是白露夜了，露水已经滋生。

人生如露，转瞬即灭。可是有月光这样美，有志勇这样忠敬礼信，相伴一生一程，多么好。

2014年9月14日　小雨

秋雨凉·木樨香

独坐绿窗，静观细雨如雾。

时令已入仲秋，几场秋雨，天便凉了。山谷里苍翠轻寒，几株金桂整日在书窗下散发幽香。抬目远望，则见烟雨天青，多少山峰延绵如画，隐隐现于蒙蒙雾霭之中。

这样的日子，只宜围炉书窗，读书煮茶。煮茶要煮普洱黑茶之类的团饼茶。团饼茶是发酵茶，比绿茶有劲道。用茶刀将团饼破开，煮滚滚的水用功夫茶具慢慢冲泡，冲泡得团茶清香四溢。暖暖的茶杯握在手，日子便几分温暖起来。

想起李清照有一首《摊破浣溪纱》，似乎正是写今日之景：

"病起萧萧两鬓华，卧看残月上窗纱。豆蔻连梢煎熟水，莫分茶。

枕上诗书闲处好，门前风景雨来佳。终日向人多酝藉，木犀花。"

木犀，又名木樨，即桂花。黄色为金桂，红色为丹桂。

此词是李清照晚年于某次病中所写。"病起萧萧两鬓华，卧看残月上窗纱。""残月"即下弦月，清晨现于东方。大约是李清照病后初愈，因夜里睡不安稳，夜长难熬，清晨便勉力而起，但仍身倦力乏，便斜卧于病榻之上，煎豆蔻水喝以养病和消磨时光。"豆蔻连梢煎熟水，莫分茶。""分茶"，即是指破团饼茶。病后体弱，不宜喝茶，所以她说"莫分茶"，只煮豆蔻水养病。豆蔻是一种白豆子，也是一种药，有行气温中，开胃消食的作用，且有淡淡清香。熟水是煮沸了的水。将豆蔻投入滚滚沸水中煎煮，慢慢喝着，既可养病，亦略可暖心，于凄凉病中，也算是一种安慰吧。她一整天，喝的应当就是这个东西了。

上阕写月，下阕又写到雨，也许是那天后来下了雨，也许病了非一日两日，所写也非一日两日吧，总之，下阕所写，也还是在这次病中。病中无它事好做，只好靠在枕上看书度日。"枕上诗书闲处好，门前风景雨来佳。"病后体弱，秋雨凄凉，喝着豆蔻水，看着闲书，也犹感日子天长，寂寞难熬。"终日向人多酝藉，木犀花。"所幸有一树桂花宛若解人，懂得她心思，终日在窗下为她散发幽香，给她以慰藉。

李清照中年之后，丈夫去世，国破家亡，心中多愁多苦，词风亦是情多愁浓，像这首词写得这样淡泊而宁静的，是她词风中少有。这正是她老来心境吧。唯其淡泊，却更是凄凉，让人怜惜。

读清照词，观清照一生，常会让人潸然泪下。她少女时，是那样俏皮而活泼，"见客入来，袜刬金钗溜。和羞走。倚门回首，却把青梅嗅。"新婚时，亦是娇嗔而甜蜜。"怕郎猜道，奴面不如花面好。云鬓斜簪，徒要教郎比并看。"到中年，却突遭变故，国破夫亡，是说不尽的愁苦与哀伤。到得晚年，终于诸般风景都看透，只归于无限的凄凉与宁静。

女人的一生，像清照这样的贵族也好，贫民也罢，无非都是这样的情路和轨迹。

她还有一首咏桂花词："暗淡轻黄体性柔。情疏迹远只香留。何须浅碧深红色，自是花中第一流。"

桂花是山中高士，性自雅洁，纵然迹远踪隐，亦难掩香留。桂花如此，李清照又何尝不是如此。

2014年9月20日　晴

茅　荻

走进秋天的原野，最让人感到荒野凄迷的，莫过于秋风中那成片的茅荻了吧。

刚刚抽穗的茅荻是绛红色的，柔软顺滑如同道士手中的拂尘。细查的话，会发现那穗里其实是开着一些极细小的绛红色米花。顺着荻花的穗抚摸下去，柔滑细腻，如抚拂尘，又如抚着山猫的尾巴，让人情不自禁地想把脸也贴上去。

随着季节的加深，茅荻渐变为绛紫，继而银白，有些种类的荻花甚至还会起一层细细白绒。在秋日金色的阳光下，成片的白荻全都伸长脖子将头探向同一个方向，眺望着同一个远方，仿佛是那瑟瑟秋风里，有它们挚爱的亲人，或者是有什么动人的故事让它们向往，让它们盼望。

其实它们自己，就是秋风里的抒情诗，是流落在荒烟古道上的故事，是苍凉里的温暖。

是它们，赋予了深秋辽远而多情的况味。

再没有什么比秋阳下的茅荻更能撩动羁旅者的离人之思了吧？

走得累了，在荒坡上选一块石头坐下，才发现身旁不远处，枯黄的杂草同茅荻掩映着的，竟是一座浅浅的旧坟冢。

　　坟冢的远处是金黄的稻田，坟冢周围密生着枯紫的苍耳草，鹤虱草，渐凋的野苎麻以及伫立风中的茅荻。它们全都那么苍凉又温暖，柔软又多情，仿佛在争着向你诉说那些散落风中的久远故事。就连那浅浅的旧坟冢，也仿佛是你逝去的亲人，正在你耳边低语："你看，秋日时光多么美好，又多么宁静，要珍惜时光啊，珍惜时光！"

　　我一时恍惚起来，究竟这荒草凄迷里的旧坟冢是人生的坟墓，还是山外那红尘欢场才是人生的坟墓呢？

2014年9月23日　晴　秋分

秋　分

今日秋分。

秋以今分，至此，秋天已经过去一半，一年中最美的深秋季节就要来临了。

秋分和春分是相对应的两个节令，也是非常特殊的两个节令，它们同样是昼夜均而寒暑平。春分以前，春天的面目是不太分明的，乍寒乍冷，一半儿似冬，一半儿似春，要到春分以后，草木疯长，繁花盛开，春天才真正美丽起来。同样，秋分以前，秋天的面目也是不太分明的，是一半儿似夏，一半儿似秋，要到秋分以后，才会迎来真正秋高气爽的深秋美景。蓝天高阔、雁群南飞、橙黄榴红、菊美蟹肥，气候也最舒适宜人。

春分与秋分也是植物脱胎换骨的两个关键时期，陈淏子《花镜》里说，果木的嫁接只有在这两个节令里进行，才有成活之机。

在秋分温暖如春的气候之下，许多植物又会如春天一样，焕发出新的生机。野蕨又从草丛里抽出了肥短的嫩芽，是可以采秋蕨吃的时候了。茶林里茶棵又长出一段翠嫩的新叶，许多茶厂都会在这时候再做一季秋茶。有些植物，比如油茶，还会在这个季节里再开一次花。

春夏秋冬，也只有秋最好用一个"深"字来形容。那是因为秋空的高远，视野的辽阔，最容易勾起人们对于远方的渴念吧。想想那群飞的大雁、斑斓的色彩、野浆果成熟的香味，金黄明暖的阳光，淙淙流淌的溪水……

这个季节如同熟透的女人，具有让人迷醉的魔力。

这是成熟的季节，收获的季节，是上帝用时光之蜜酿制的一杯琼浆与美酒，让人饮之即醉。

人们总想在这个季节里出走，远行。

听，楼下有人正在打电话，"明天我休息，我们去磨子溪摘猕猴桃去吧？"

哦，猕猴桃、八月瓜、野生板栗、蜂蛹、河蟹、雁落菌……

秋天深邃的峡谷里，藏有多少令人向往的美丽啊。

2014年9月27日　晴

猕 猴 桃

菜市场有山民在卖野生猕猴桃了。

猕猴桃是深山峡谷里才有，因为它喜阴。

初来湘西，同事递给我一个乒乓球样大小软熟的猕猴桃，教我撕去表面猴毛一样毛茸茸的灰色薄皮，露出里面青绿的果肉，说："这是野生猕猴桃，维生素C之王，山里最好吃的野果。"我咬一口，一股柔软多汁的青酸甜味，却又夹满口芝麻样小黑籽，不禁吐舌而笑。那是我从未尝过的味道，初品之下，竟然说不上是喜欢还是不喜欢。

在深山里住久了，每年秋天都会吃到真正的野生猕猴桃，一吃二吃，不久就深深爱上了它的味道。如今，我能日食数颗也不厌，而且，每到秋天，我就会开始怀念那有青草气息的酸甜味道。

吃了许多的猕猴桃，也不知道这种猴子最爱吃的野果究竟是怎样长在深山里。想那灵巧的猕猴在柔软的树枝上跳来跳去，或挂在树枝上荡来荡去，用双手捧摘野果而食的情景，一定非常有趣吧。

直到某年秋天，同一帮朋友深入五强溪的大峡谷，才真正见识了猕猴桃长在深山峡谷里的面目。

峡谷幽深，巨石嶙峋，清亮的溪水冲击岩石，哗然轰鸣，衬托得那罕无人迹的峡谷更加深邃幽静。两岸林木幽翠，遮天蔽日，只有午时短暂的阳光才能透过林木间隙，投射到溪中，在溪水中反射出亮亮的光斑。

我们一行十数人吧，都学着其中一个中学物理老师的模样，把跑鞋脱了，用鞋带把鞋子绑在腰间，赤足下到时深时浅的溪水里，攀石蹚水，溯溪而行。

一群朋友多数是山里长大的人，对山中一切皆极为熟悉。他们将手伸到溪边岩石下，口里嘘簌有声，一会儿就会从岩石缝里摸出一只大螃蟹，举起来叫我们看。螃蟹在朋友两指的拿捏下，张牙舞爪，徒然挣扎。

溪中除了多螃蟹，两岸崖壁还有许多的野生板栗、核桃、野酸枣、猕猴桃。板栗树与核桃树皆高大，抱着树身摇晃，或攀上树木拿棍敲击，皆能将成熟果子击落溪中。

猕猴桃树多矮小，灰色果子又与树木枝柯同一颜色，藏身于灌木丛中是最难被发现的。然而那位模样清秀儒雅的中学物理老师却眼睛最尖，对山林中一切动植物的属性也最为熟悉，他一路温和少言语，却总能于灌木丛中最先发现猕猴桃树，发现之后便立即攀崖而上，跃上树干去摘取猕猴桃。

猕猴桃树枝干柔细，绵软近似于藤，难以承人之重。那物理老师多是一脚踩在旁边某棵树上，一脚踩在猕猴桃树上，饶是如此，犹压得猕猴桃树摇晃不已。所以他一攀到树上便吓得我们尖叫，怕他跌下悬崖，叫他不要去摘。他便轻轻一笑，说猕猴桃树虽然柔细，却韧性极好，是压不断的。

那一天，那纯朴而又温和少言的物理老师总是让我想起另一个人，那就是《昆虫记》的作者法布尔。法布尔是法国人，一名昆虫学家，同时也是一名中学教师。他们拥有的，不只是教条与书本知识，他们与自然事物相亲近，有着赤子般的质朴情怀与求知欲，他们必定会将这份情怀传递给他们的学子。他们是多么的相似啊。

能做他们的学生，真是有福了。

2014年9月30日　晴

栾　树

深秋时节，栾树的灯笼蒴果，是红得比柑橘，比枫叶都要早。

远望那簇生于高大栾树顶端的红灯笼蒴果，成片成簇，如火如花，最能让人心生起对烟火人家的渴念，也让人心生远阔的苍凉之意。

　　有栾树的地方，多有人家。栾树是农家喜爱种植的庭院植物之一，是因为人们喜欢它树冠阔大，喜欢它红灯笼蒴果的温暖和喜庆吧。

　　若是在黄昏暮色中见到人家庭院后满栾树的红灯笼蒴果，最想要做的事情，就是以最快的速度奔回家去，同亲人团聚。若是独自在外奔波、远行，就会想要叩响栾树下那户人家轻掩的木门，给女主人燃烧着炊烟的灶孔里再添一把柴，围着简陋的小木方桌，吃滚滚的炊炉子，喝热腾腾的酽茶。

　　只有浓浓的天伦之乐，只有乡村人家的烟火温暖，才可以将黄昏无边的寂寞和苍凉挡在门外。

　　小的时候，我老家的庭院里，就有一株这样高大的栾树。栾树初秋时顶端开簇簇柔黄小花，花落后结同样柔黄淡绿的三角形灯笼样蒴果。随着季节加深，蒴果渐变为橙黄，继而艳红，如同燃烧的火焰。秋风起时，满树冠的灯笼蒴果也会摇落几颗在地上。我同妹妹常常坐在大树下捡那些灯笼样蒴果玩。那些灯笼果子由三瓣果皮构成，果皮透明，纤薄如纸，灯笼里面中空，从外面就可以看得见每片果皮的内表都附着一粒黑色的籽。

　　说不上灯笼样的蒴果有多好玩。同妹妹坐在树下玩果子的时候，夕阳如金，把我们堆满柴禾的院子照得如同宫殿。小脚的奶奶系着围裙，坐在坪院里，把那些摊开晒了一整天的散芦柴，扎捆成一个个的小柴把子。晒燥的芦柴，香味满院子弥散。父亲母亲从地里干完活扛着锄头归来，母亲手中会抱着一个从地头摘回来的金黄大南瓜，或者几只秋茄子，作为晚饭菜。夕阳投射在正走进院子的母亲身上，可以看见秋阳将母亲的脸晒得黑红，且因锄地出汗，额头的绒发还淌着细密汗珠。见父亲母亲归来，我同妹妹会欢喜的从地上站起，接过母亲手中的南瓜茄子，帮奶奶把捆扎好的芦柴把子抱到厨房去。很快，一股亮蓝的炊烟就会从屋顶瓦片袅袅升起，同院子里满树冠的红灯笼果子一起，将暮空染得温暖又迷离。

如今，我的小脚奶奶，我的父亲母亲都已辞世多年，那夕阳如金的老家庭院已成荒草废墟，只余半堵断墙。唯有那棵老栾树却依然高大，苍然独立，每到深秋，满树的红灯笼样果子依然在夕阳里如火如荼，染醉秋空。

我是最怕独自过黄昏的，如果天色渐暗，倦鸟归巢，家家都要开始吃晚饭了，我仍然只有一个人在家，伤感和孤独就会潮水一样漫过来。那个时候，无论志勇在哪里，我都会站在窗边，打电话给他。

2014年10月2日　晴

重 阳 菊

今天是农历的九月初九，重阳节了，是吃酒赏菊的好日子。

只要随手翻开唐诗宋词，就会知道中国的文人到底有多喜爱重阳节了。我不知道那到底是陶渊明的功劳，还是菊花和酒的功劳。

陶渊明是深爱菊花和酒的人。人们喜爱陶渊明，喜爱陶渊明"采菊东篱下，悠然见南山"的陶然自乐，因之便更爱菊花，也更爱重阳节了。

陶渊明《九日闲居》序言里有载："余闲居，爱重九之名。秋菊盈园，而持醪靡由，空服九华，寄怀于言。"

九华，重九之华，即指菊花。那个重阳节，东篱之下的陶渊明没有酒，便只好空食菊花，以过重阳了。想来真是遗憾呀，不能寄一壶酒给他。

菊花非但可以赏，更是可以吃的花。可以泡菊花茶，做菊花羹，酿菊花酒。菊花自古就是仙家道家养生延寿的爱物。

想起古《玉函方》里一个养颜延寿的方子，非常有意思：在三月的前五天采的甘菊苗叫玉英；六月的前五天采的甘菊叶叫容成；九月的前五天采的甘菊花叫金精；十二月的前五天采的甘菊根叫长生。将这四物一起阴干一百天后，各取等分，捣杵千次为末，每次用酒送服一钱匕。或者用蜜炼熟后做成梧桐子大的蜜丸，用酒送服七丸，每日三次。服百日后会身轻面润，服一年令白发变黑。服二年，齿落更生。服五年，八十岁的可返老还童。

初看到这个方子的时候，禁不住哑然而笑，想真刁钻呀，同宝钗吃的冷香丸差不多了。

其实，又焉知曹雪芹写《红楼梦》时，那冷香丸的法子不正是借鉴于此呢？

不过这菊英丸比宝钗的冷香丸还是容易炮制多了，只是要费掉许多菊，最好是自己有一大片菊园，就易得了。想成仙成道，或有心有闲的人倒不妨一试。

我闲居深山，有菊花，也有酒，却没有陶渊明那样懂酒懂菊的人，也就没有了喝酒赏菊的兴致。但窗外天高云远，阳光明艳如金，山上各种野花都开了，山茱萸的野果子也红了，万物都散发出成熟而醉人的香气，这可正是出门登高踏秋的好日子。

我换了平跟鞋，携了志勇出门去。

即便不喝酒赏菊，也自有秋色无边，可以醉人。

2014年10月7日　晴

时光是一枚成熟的果子

清晨，绕着小区慢跑，鼻端又嗅到一股熟悉的甜柔芬芳。

哦，原来是我不在家的这几日，山下别墅区的桂花又开了一茬。

禁不住驻足停立，微笑仰望树冠里那一簇簇金黄的细碎米花，想那些小小的花蕊里，究竟藏了多少香气啊，它们在夜风里整整散发了一夜也散不尽，直到清晨我来，依然还是有这样足够的香气来款待我。

这几日没有上山，是因为志勇在河南和江西的几个大学同学趁着国庆长假，带着家人到长沙来了，我同志勇奔赴长沙去作陪。

陪着他们在橘子洲头，沿着湘江缓缓而行。毕业二十年未见面了，他们在秋阳里深深浅浅的笑着，闲闲地说着当年同住一间宿舍时的种种趣事，又指着栾树满树的红灯笼果子问我是什么树，指着开得正好的木芙蓉问我是什么花。我静听他们说话，笑笑地一一作答。

秋阳如金，铺洒在江面上，随着江水缓缓流淌。我能感受到岁月在他们心中的沉淀，感受到他们之间浓浓的亲切之情。

二十年的时光，说短又长，说长又短。我同志勇相识，正是二十年前他同这帮同学分别之后来到矿山的第二天。这之后，每年秋天，我同志勇都会这样在湘西矿区的山道上相依相伴，在秋阳里缓缓行走，欣赏秋色。走着走着，就从青涩年华走到了华发渐生。

情怀未变，而容颜已改。

我看到志勇的同学，也同志勇一样，两鬓泛起了霜花。我也看得出来，他们也同志勇一样，都是安静的人，都是在自己的生活领域质朴而用心生活的人。他们都把岁月沧桑埋在心里，把对妻子和家人的珍爱藏在骨子里。

曾经有人问我，说我写了许多文章，却为何从来不写关于爱情的话题，这对于一个女性作者来说，多么可惜。我笑笑不答。爱的主题太宏大了，我不知道该怎样写，也不觉得它是可以写的。它对我来说就是生命的本身，是根植在生命内核里，犹如珍珠之于河蚌，是生命的彼此包融与共同滋长，日久弥坚，不可分割。而达到这样的境界，是要走过许多路程，经历漫长岁月的。可一旦识得它的面目，我就再也不会失去它，也不会弄错了。

看着志勇和他的同学在江边橘园缓缓穿行，觉得有无限欣慰。容颜改变了，又有什么关系呢？有珍爱于心，时光就是一枚成熟的果子，是藏在花蕊中的香，而不是手中流失的沙。

2014年10月8日　晴　寒露

寒　露

今日寒露。

晨起上山时，有两颗清凉晓星残挂天空之上，清露袭人，不穿罩衫已经禁不住阵阵寒意了。

寒露节之后，气温会逐渐降低，白天虽然还很温暖，但早晚温差会越来越大。

寒冷会使许多事物发生改变。它会使枫树的叶子变红，会使地里的甘蔗、红薯和树上的柿子变得甘甜。

蝉已噤声。山林里鸟儿叫得迟了。草丛里那些曾经无比细碎热烈的虫音也已经渐渐稀疏。

树林也变得空阔起来。一株秀丽的槭树不知何时已经脱光了叶子，只剩下满树烟紫的瘦枝。山径上积满枯黄赭红的落叶，还有许多滚落在地的圆润如豆的小青果、小黑果。

更多的小果子还藏在树上，藏在灌木丛里。金樱子红了，山茱萸的野果子红了。还有一种矮小的野棘刺，初夏的时候，我看着它开了满树小绣球一样的白色繁花，花谢之后，我又看着它结了满树青圆如豆的小果子。小果子由青绿变成淡黄，继而橙红。如今，那满树的小果子已经全部变得红艳艳的，如同挂了满树的红珊瑚珠，又似是满树的相思豆，美艳极了。我想那些小果子应当很甜，是小兽物同小鸟儿们的爱物吧。山林给每个季节都有丰厚的馈赠。

只是不知这些小红果子，还能挂在枝头几日。

山道边还有许多小野花迎寒而开，有红色的辣蓼草，黄的、白的、紫的野菊花，野生油茶花。油茶花未开时，苞片上点染一抹如美人指甲掐出来的淡淡胭脂红，极美。花开纯白，花瓣五片或六片，可是一开即残，就说不上美了。

芭蕉林已经叶破凋残，只有柏树依然青青如故。

我禁不住抱拢双臂，以御寒意。寒露已降，山林种种，都是深秋的景象了。

2014 年 10 月 10 日　晴

晓　月

连续两天，晨起跑步时，都有一轮晓月悬挂西天之上。

正值农历月中，晓月刚圆，尚未残缺。圆月呈淡淡橙黄色，它不如夜晚的月亮那样明亮皎洁，但显得更加干净、清冷、甚至略带忧伤。

晓月，又名残月，下弦月。在农历每个月的下半月，随着日期一天天推移，晓月会日渐东移，日益缺损，直至一弯新月如钩悬挂东方。这也将是在其后的半个月里，我每日清晨所能观察到的变化和景象了。

　　自秋分之后，我每日开始晨跑时，天色都幽微未明，清寒袭人，就连山上的鸟儿也都还没有开始啼叫，整个小区里就只有我自己"啪嗒啪嗒"慢跑的脚步声。可现在，有了这轮干净清冷的晓月陪着我，就好像有一个亲密的小伙伴在陪我一样，我就觉得我不是孤单的了。

　　有很多事情，我都喜欢一个人静悄悄地做，喜欢一个人的宁静和独处，是因为每逢这种时刻，我都能感觉心中那个亲密的小伙伴在陪伴我。这个亲密的小伙伴，它就像是藏在我心里的一双眼睛，像是另外一个我自己，却又不是我自己。它比我更亲切、更纯洁。当我感受到它的时候，便本能地想要去呵护它。那个时候，我看见什么都会有隐秘的欢喜。一颗明亮的晓星，一颗晶莹的露珠，一簇藏在桂叶下的小花，我都会觉得它们就是我心里那个秘密小伙伴的化身，那么亲切、调皮又可爱，仿佛有无数的知心细语要同我说，却又故意含笑不宣，让我心生无限珍惜和喜爱。

　　跑完步之后，缓缓绕道上山，晓月便也悄悄跟随我，越过竹林，越过树梢，越过凉亭。随着天色渐渐明亮，它的光亮便也一点点黯淡下去。待它跟随着我到达山顶凉亭的时候，它橙黄的颜色已经褪得只剩一轮水一样的淡迹了。它这样逐渐淡隐，仿佛是在同我依依不舍的告别，告诉我喧嚣的白日即将来临，它必须要从西天隐退了。

　　喧嚣的白日，我会多么繁忙，我的心里要装下多少别的东西啊。那时，我那不肯见人的秘密小伙伴，便如同这清冷的晓月一样，早已悄悄退隐一隅，怎么还肯出来陪伴我呢？

2014 年 10 月 16 日　　晴

郊野来的小访客

在山里住着，常会有一些小生物来造访我们的家。

夏天的时候，会是一些小小的黑蜘蛛。它们就像杂技演员，而且表演起来旁若无人，就算当着你的面，也会纺器吊着一根长丝，从天花板上一垂而下。门窗那样紧密，也不知它们是从哪里钻进来的。这些小东西在天花板、墙角、吊灯上到处拉丝结网，总是隔不了几天，我就得搭椅子板凳，举着鸡毛掸子来清扫这些蛛网，甚至还得狠心踩死那些扫落在地板的小蜘蛛，很有些烦恼人。

再或者，会是一只误闯进来的飞蛾、一只马蜂、或是一只蝉，有时甚至是一只小鸟。季夏时，新生雏鸟开始练习飞翔，每天都有一些小鸟在窗外香樟树和草坪里飞上飞下，叽叽叫个不停。若阳台窗户未关，就常会有某只小鸟从开着的窗里误飞进来，飞进来后，一时找不到原路飞出去，慌慌地在阳台上撞来撞去。我生怕它们会撞得头破血流，急得手忙脚乱地把所有窗户都打开。

住在我屋后别墅区的朋友告诉我说，时常造访她们窗台的，除了这些小灰雀、小黄鹂，还会有一些拖着长长锦尾、羽毛颜色非常漂亮的鸟类。有时候，她同家人正坐在餐桌旁吃晚饭，或是坐在沙发上喝茶，一只漂亮的锦鸟突然落在餐室外的窗台上，瞪着黑溜溜的圆眼珠同她们相互对望，那个时候，她就会觉得特别亲切和欣慰，仿佛是多年不见的远亲突然来造访了她们一样。

而在这晚稻收割，万木开始枯凋的深秋季节，来得最多的访客却是臭皮虫，就是那种臭名昭著，一碰就会放出臭气的甲壳虫。

　　这段时间，阳光每天明暖如金，天高气爽，衣服在阳台外面曝晒一天之后，在夕阳即将落山时将其收来，衣服已被晒得又暖又燥，纤维里吸饱了阳光的香味，秋风的香味和成熟植物的香味，十分好闻。然而，当你取下衣架，收叠衣服时，却会发现，衣服里竟然常常会藏着几只臭皮虫。慌里慌张地将其抖落在地，臭皮虫便立即四脚朝天装死，并释放出难闻的气味，害我不得不在房间里熏檀香，或是洒香水。

　　是天气变冷了，臭皮虫在找温暖的地方越冬呢。晒得柔软、温暖又芳香的衣服，自然是它们以为能找到的最理想的栖身之地了。

　　对于那些抖落在地板上装死的臭皮虫，我不会弄死它，我拿一张纸巾将其轻轻捏住，然后打开窗户，对着窗外将纸巾轻轻一抖，那小东西就迎着夕阳，在半空中欣喜地飞走了。

　　但愿它们能找到别的温暖的地方越冬吧。

　　这些会释放臭气的小东西虽然给人增添麻烦，却也惹人爱怜，因为它们是来自野外，它们带来了秋天原野的气息。

　　秋天的原野，有着明暖的阳光，有着各种植物和野浆果成熟的香味，那是我坐在飘窗上想一想，就会让我陶醉的温暖气息。

2014年10月19日　晴

秋　阳

　　自秋分以来，一直没有下过雨，天气每日晴好，舒适宜人。

今天周末，同样又是这样一个温和晴朗的好日子。天空湛蓝，午后白云悠闲地流连山冈。明暖的阳光给万物都镀上了慵懒的金黄色调。空气中涌动着菊花的幽幽暗香。

同志勇相伴着沿溪而行，心情闲散亦如被阳光晒暖的植物。

秋日阳光是有魔力的，它的每一根光线都带着金属的芒刺，直抵种子的核心。它能把每一颗种子的心房晒软，能把一根枯稻草也晒出奇异的芬芳。农家小院旁的一垛枯稻草，就被秋阳晒得仿佛要燃起来了。草垛旁的柿树上，挂着红灯笼一样的小柿子。

苦楝树也结满黑色果子了。小鸟儿停在树上，叽叽轻唤，啄食树叶上的小虫同果子。

溪水在苦楝树下的枯草里淙淙流淌，声音清亮如同金石。

山谷里田畴变得疏朗和开阔起来。稻谷已经收割过了，土地正在休息。田埂上苍耳黄了，鹤虱草紫了。这些小东西都长着小勾刺，人走过时，它们就牵人裤脚，借此远行。

溪畔农家种的扁豆还开着紫色秋蝶一样的小花。萝卜白菜绿油油的。白色的田边菊、紫菀，黄色的小野菊，也都在道旁杂草里静悄悄开着，点染秋溪。

有农人正弯腰在茶地里拔除杂草。官庄正大力兴办茶业，乡下新开辟了许多茶地。茶地里新种的茶棵还未长成势，矮矮的，疯长的杂草因此反盖过了茶棵。

迎面遇一背着大捆红薯藤的老农过来，我同志勇走下田埂躲到茶地里避让。老农将那大捆薯藤"啪"地摔在地沿一辆独轮手推车上，喘着粗气望我们憨然一笑，铜紫的脸上淌着密密汗珠。

红薯藤含有丰富的淀粉，那可是喂猪喂鸡的好东西。看到这些红薯藤，我仿佛已看到老农猪圈里大白猪欢腾吃食的样子。

红薯藤割了，地里的红薯还可以不着急挖出来。一天挖一些，慢慢挖，寒霜会使埋在地里的红薯变得更甜。挖出来的红薯堆在院子里风干几天，再堆在柴房里，一层谷壳一层红薯的埋着，放到明年开春也不会坏，而且会越放越甜。烧火做饭时，从谷壳里扒出几颗红薯扔在灶膛里，一个冬天的日子都会因此温暖而香甜。

沿溪愈行愈远，山谷愈发幽静和深狭起来。山谷里静谧无风，一片黄栌叶无声地从空中飘落下来，打着旋儿，华美如同秋蝶。一只长尾鸟亦无声地从溪畔掠过，飞入对面灌木丛中，一会儿就不见了。

同志勇走得累了，选了一块向阳的山坡坐下来晒太阳。我将头搁在志勇的膝上打着盹，任阳光将我晒暖。

志勇安闲地拨弄着我的头发，偶尔从中拔出一根白发。小鸟就在不远处轻轻叫唤着，野浆果就在我们脚边紫红而软熟。我们已经相伴着度过了多少个这样的秋日啊。山外的纷纭世事，此刻离我们多么遥远。

渐渐的，我被阳光晒暖晒软了，我的心房亦起了同一枚软熟的野浆果同样微妙的变化。

我也被秋阳晒成一枚多汁的、软熟的野浆果了。

2014年10月23日　晴　霜降

时光织锦

今日霜降。

霜降是秋天最后一个节令。十月要结束了。最美丽的深秋季节要结束了。

晚秋是我最为钟情的季节。我每日进山散步，以悠闲的心情观看秋色一天天变化。我看见青的变黄了，黄的变红了，红的变紫了，密的变疏阔了……渐渐的，山林变成了小孩子手中的蜡笔画，色调温和、黄暖，醉透人心。

多么幸运，在我的生命里，总有一些时光是这样悠闲的、纯粹的，是只属于山林、清泉、花草和动物的。浸润于这些美好的事物之中，我才能感受到时光的静美，才能觉知生命是多么美好的存在。

记得初做母亲那几年，我喜欢在这醉人的深秋季节，坐在院子里晒太阳，编织毛衣。我把红的紫的毛线，用自己喜爱的针法，一针一针织出自己心目中喜欢的图案和花样。毛衣在我的织针下一点点延长，邻家男人在院子里拣择金樱子泡酒，妇人们将野菊花用簸箕摊晒在砖墙上。阳光黄暖如蜜，静静流淌，那个时候，真觉得时光是可以永恒的。如今，我不再编织毛衣了。可是，当我漫步山林欣赏秋色，或是坐在秋窗下慢慢书写时，我就仿佛又回到了那些宁静又美好的编织之中。

是的。行走，记录，的确都只是我另外的一种编织方式而已。春的娇美、夏的丰盈、秋的斑斓……回望这一年，这一路走来，它们都像我编织的毛衣一样，在我眼前缓缓铺展，在我心底静静流淌。

其实我们的一生，都是这样在编织吧。用文字、用画笔、用劳动、用亲情爱情……把我们一生的时光编织成锦。

在静美的编织里，生命似乎可以无限延展。

然而，没有什么是永恒的。我常会想起我远逝的祖母，她经历了战争，经历了饥饿，经历了革命，经历了解放，穿越过几个朝代，活过了近百年。那是多么漫长的人生啊，那是一段怎样的人生织锦？我也不知道，当她终于带着她的织锦，像一个哑者一样归于尘土时，她是否遗憾、是否不舍，是否安然和满足。

无一例外，我们都将这样归于尘土。而那一段带往地下的织锦，就是我们所要交付的人生答卷。我多么希望它是华丽的，不要像我的祖母那样虫蚀般的怆然。

寒霜已降，蛰虫已伏。我不知道我还能在山林里度过多少个这样美丽的秋天，我还能用心编织多久。

2014年10月30日　雨

被吞噬的小竹溪

挖土机是我见过最恐怖的怪兽了，它能在很短的时间内，一口一口就把一座山峰给吞吃了。

小竹溪神秘、幽静、美丽的山峰，就是在不到两个月的时间里，被它一口一口吞进肚去的。

小竹溪消失了。

小竹溪位于官庄至矿山的必经之路上，是两峰之间一条美丽而幽长的峡谷。峡谷夹岸多细柔翠竹，一条清亮小溪在翠竹掩映下，依山脚淙淙流过。小竹溪即是因此而得名。

小竹溪畔有几畦小小菜地。春天的时候，我常散步来到这里，看薄雾提着裙裾在竹林里缭绕，看晨露在草叶上凝结，看玉米苗喜悦生长，看豌豆花如蝶飞舞……

这里，还隐居过一位绝世姿容的美女。她简静、淡泊、恬美，一如出塞之前隐居香溪的昭君，一如这美丽而幽静的小竹溪。

记得初雪的冬日，曾同她相伴沿溪散步。细碎的雪花飞飞扬扬，落在草丛里转眼就不见了，只溪边枯黄的蕨草丛中有星星点点的白。她穿驼色呢衣，系一条新疆的红格子羊绒围巾，小羊皮靴踩在霜冻的地面同枯草上，发出咯吱咯吱的轻微脆响。小竹溪那样安静，没有一个人打扰我们俩清幽的散步，只有脚边溪水在枯草掩映下铮铮流淌，发出金属一样空灵而清澈的声音。

也曾在繁星如水的秋夜，独自散步来拜访她。两人搬两把靠背小木椅，在星空下的小院里相依而坐，身旁只有秋虫嘈嘈私语。她从房中拿出甜橙，握在手心里慢慢揉捏，捏得极柔软了，就将皮慢慢剥下来。我们一边剥着橙子，一边如秋虫般窃窃清谈。

待我告辞，沿着小溪独自归家时，天空澄澈如一块深蓝的绒布，一弯淡黄新月已不知何时爬上了山峰，如一弯小小的香蕉贴在天幕之上。山峦的轮廓黝黯而模糊，空气里隐隐涌动着菊花的暗香。因有知己好友清谈过后的情谊充溢心间，我感觉我的心像被水洗过了一样，清澈、柔软而多汁，仿佛有蜜汁在流淌。

如今，小竹溪美丽的山峰已被夷为平地，小竹溪消失了，被吞噬了。这里，会建起高楼，会建起工厂。而那绝世姿容的美女，也早已如一滴水融入大海那样，融入了省城的高楼。以后来此居住的人，再也不会知道小竹溪曾经有过怎样的面目了。

只有我，不管如何老去，不管将去向何方，那一弯淡黄如香蕉的新月，那一带黝黯模糊的山影，将会永远烙在我的心壁之上，成为永远的痛。

2014年11月2日　晴

醉鱼草

时令是悄悄变化的。霜降之后，连续落了一个多星期的雨，温度就低了许多。太阳隐了数日，再出来时，就像被水稀释过了一样，淡黄的，没了温度。

路边的芭茅草枯败了。那成片的，曾经诗一样逆着秋阳招摇的白荻花，已经失去了它往日的色彩和风姿，耷了头，呈现出寒凉而萧瑟的样子。

这个时节的山径，变成了野藤败草的世界。黄葛、绞藤、野苎麻、一年蓬、辣蓼草、旋覆花、苍耳、泡桐和许多我不知名的野草杂木，纠结盘桓在山径两旁。

绞藤看似柔弱，其实却是至为霸道的植物，它们若攀住一棵小树，慢慢地，就能把一棵树也给绞死。有了这些野藤落户在山径，不出数年，山径就会被它们占据。它们能悄悄改变山径两旁的植被和生态。虽是日日从这条山径上散步走过，若不深入观察，你也永远不会知道自然界的这些野生植物在怎样无声争斗，相互绞杀。

去年开得很好的几蓬旋覆花、野菊花，今年不见了。然而却又有新的物种在此落户。几蓬蓝紫的醉鱼草花正招摇在秋风里，迎着乳液般淡黄的阳光肆意绽放，远远的，便夺人眼目，给萧瑟深秋也带来了几许生机。

那是一种近人高的野生杂草，开一丛丛蓝紫色穗状花。花穗成堆成簇，在杂草丛中肆意张扬，颜色样子都像极了薰衣草。

蓝紫色是我喜欢的颜色，薰衣草花亦是我喜欢的花。我的衣柜里挂了许多薰衣草花的小香包，有来自新疆的，有来自台湾的，还有来自阿尔卑斯山脉的。然而本地，似乎并没有薰衣草花。

我第一次见到醉鱼草花的时候，真以为它就是传说中原产于普罗旺斯的薰衣草了，折下一枝来嗅，却一点也没有薰衣草花的馥郁花香。情知不是，哑然而笑。于是百度去查，在几种样貌相似的花草中细细比较，最后终于确定它是叫"醉鱼草"。

《本草纲目》里记载，醉鱼草的花能毒鱼，如果溪水边恰巧有一株醉鱼草，花瓣飘落水中被鱼儿误食，就能将鱼儿醉倒。旧时渔人，就有拿醉鱼草去药鱼的。

小竹溪清亮的溪水恰是横过这条山径流过。有时，我倒真想折一枝醉鱼草去溪中试试，看看那些骨骼透明的小鱼儿到底是怎样被醉倒。可是，这样的童心终究是失去了。

醉鱼草虽不是来自普罗旺斯高贵的花种，也没有薰衣草的馥郁花香，它只是山野的寻常之物，然而我却更喜欢它了。我喜欢它能与山中溪水里寂寞的鱼儿发生关系。山溪里的小鱼儿悠游自得，永远不知山外的世界，也不会羡慕山外的世界，但我想它们一定是寂寞的。有了这些漂亮的能药倒它们的小花，它们就会多一些乐趣，就不会那么寂寞了。

山野寂静，正因为有这些动植物间无声的依存、争斗、纠葛，才永远充满生机，才有情而不孤独。

得知了一种植物的名字，它在你的心里就会更亲切了。如今，我经过这些紫色花枝时，总会在心里叫一声："嗨，你好，我的醉鱼草！"就好像它们全都是我亲爱的小妹。

2014年11月4日　晴

鸟雀大会

早起上山时，迎面遇许多平日难得一见的、拖着长尾巴的大雀鸟。雀鸟黑色，尾巴细长，到尾端才又突然膨大像一个毛球，夹有白色的毛。这鸟飞起来时，翅膀像"中"字一样平平伸展着，尾巴拖在后面像哈里·波特的扫帚，样子极笨拙。它们也不叫唤，只是一只一只，从竹林飞到山脚别墅的房顶上，又或从房顶上飞进竹林里、松树林里。来来去去，总共有一二十来只吧，也不知它们在忙些什么。

我还从不知这片山林里，藏有这样多的长尾雀。

转到山顶凉亭的时候更是大吃一惊，居然有一大群小黄雀聚集在凉亭周围来了，它们或停在石阶上，或立在枯草里，皆叽叽叫唤着，开大会一样。这些小黄雀翅膀收拢来后，个头比一只鹌鹑蛋大不了多少，叫声却清丽婉转。我一年中，每日清晨听到的清脆鸟鸣，看来就是这些小东西们所发出的了。可是平日，并不见它们这样大群汇聚。

　　这些小黄雀不怕人，我走得近些，它们便停止啼叫，转动黑眼珠好奇地望着我，却并不着急飞走。

　　比这些小黄雀停立得稍远一点的，是一些小黑雀。小黑雀个头比黄雀稍大，头顶上有一条白线。它们对人的警惕性比较高，没有小黄雀那么亲切，我走得稍近一些，它们就会飞起再停立在远一些的地方，回头望我。它们没有啼叫。

　　一年之中，我与这些雀鸟总是若即若离，虽常能于灌木丛中同它们打个照面，可像今天这样群鸟聚集的场面我还从未见过。

　　它们是在干什么呢？马上要立冬了，开会讨论怎样过冬？还是山林中发生了什么大事情？

　　想起辛弃疾晚年闲居带湖与白鸥结盟的典故，不禁想笑。这些雀鸟，不是也来与我结盟的吧？

　　"凡我同盟鸥鹭，今日既盟之后，来往莫相猜。白鹤在何处，尝试与偕来。"

　　我伸出手掌想引诱一只小黄雀到我身边来，也好今后来往莫相猜。可惜未能如愿，这些小黄鸟都不承我的情。

　　这个早晨，我真的很想变成这些小黄雀中的一员，融入它们，听清楚它们到底在说些什么，看看今天鸟族中到底发生了什么大事。

苦薏花

一直到霜降过后，我才看见苦薏花开。

苦薏就是野菊花，黄色的小野菊花。本草纲目里记载，野菊花有两种，白色的味道甘甜，称为甘菊，是可以食用的延年益寿的佳品。黄色的味道微苦，称为苦薏，有清热解毒之功效，然有微毒，不宜长期食用。

可山里人还是喜欢采苦薏做菊花茶。秋末初冬，山林萧瑟，受此感染，人心亦难免清冷，只有那一丛丛金黄灿烂的野菊花，在秋阳暖暖的时候，能将整面向阳的山坡都给染醉了。女人们受不了它的诱惑，总要爬到暖暖的山坡上去晒太阳，去采摘一点野菊花回来。采摘回来的野菊花，用汽锅蒸熟，再用簸箕在院子里摊开曝晒。

初冬的阳光明暖如金，有野菊花在院子里曝晒着，晒得满院子花香，便觉得日子纵然清冷悠长，也有了几分温暖与芬芳。

蒸熟晒干的野菊花饱满圆硬如小球。冬日，偎着火炉看书看电视，拣两三朵泡在茶杯里，看着它们在沸水中慢慢舒展开来，又重新变成一朵朵稚气可爱的小菊花，亦可消磨许多时光。再加几颗决明子，加一点绿茶叶，慢慢喝着，则可感受它的微微清苦，也有清火明目之功效。虽然本草纲目里说，苦薏不宜长期食用，我倒也未见有人因此中毒。

我不爱喝苦薏茶，可是我喜欢野菊花。每看到秋阳暖暖的山坡上，那一丛丛野菊花开得热烈又安静，把整个深秋都给染醉了，我的心也会为之温暖和痴醉。

我一直相信，地面上开出的每一朵花，都是长眠地下的某个人灵魂的诉说，那是他带进坟墓的秘密，是只属于心的秘密。

百年之后，当我像一颗种子一样长眠地下时，我会开出一朵什么样的花来呢？

如果可以选择的话，我真愿意变成山坡上的野菊花，每天晒暖暖的太阳，染醉秋光。等你经过时，我就用尽全身力气大声呼喊你。可是，那时候，你纵然弯腰下来采摘我，却也一定认不出我来。

第四辑

冬

立冬

蛰　伏

今日立冬，寒雨潇潇。

前几日，还是艳阳高照，明暖怡人的好天气，然昨夜一场寒雨，温度便骤降了不少。一早把棉衣翻出来穿在了身，小火炉也被我搬出来了。

秋收冬藏，是该像冬眠的动物一样，蛰伏起来安然过冬了。

立冬日落了雨，整个冬天的雨水就会比较多。这个冬天，或许将是个寒冷的冬天吧。

古人对于四时节令和物候变化的了解比我们深刻得多，他们把每个节令又分为三候，每候约合五天，每候的天地之气都会有不同的变化。立冬三候："一候水始冰，二候地始冻，三候雉入大水为蜃。"

立冬之后，大地便关闭了它的气门。蛇、蛙、刺猬、泥鳅，还有许多怕冷的昆虫和植物的种子都已蛰伏在泥土温暖的怀抱里，安然度过漫长而寒冷的冬天。一直要到明年春天，温暖的阳光和雨水才能将它们重新唤醒。

实际自霜降之后，因落过几场雨，天气变冷起来，我在书窗下一杯茶、一本书地度过漫漫长夜时，就已经没有寒蛩在窗下为我鸣唱了。

我常常会想，那些蛰伏在泥土之下的昆虫、果核、种子，它们会有怎样的一个漫漫长夜，会有怎样一个黑沉而甜香的长梦呢？

我是喜欢冬天的，尤其喜欢冬天的夜晚。在冬天的漫漫长夜里，我总要穿着厚厚的棉衣，偎着红红的火炉喝滚滚的茶，把自己弄得很温暖。然后或阅读，或书写，或静观暗夜寂寂、时光流转，就像一头老得不能动的牛一样，把一生的时光都在这长夜里慢慢咀嚼……

在这样的长夜里，我同蛰伏在大地怀抱里的一只昆虫，一颗种子有什么分别吗？

2014年11月12日　晴

峡谷人家

冬天的早晨是多雾的。一般来说，雾越大，过后太阳也越大，反之亦然。

今天早晨的雾很稀薄，我以为不会出太阳了，可是当我到达水库的时候，太阳却依然挣破云层爬上了山头。只是阳光也像被风霜稀释了的样子，淡淡的、薄薄的。

水库离镇子并不远，步行十多分钟就到了。然一旦进入水库的辖区之后，就远离人烟，变得十分幽静了。

水库是将峡谷里一条深溪人工筑坝拦起来形成的一个深潭，供应镇上居民的吃水用度。水库很大，潭水暗绿，幽深不可测。

悄悄爬上山头的太阳，将它柔和的光线透过乳液似的薄雾，传递给青山同湖泊，使得山谷空气里似有一种静谧的柔情在流淌。那是高山、峡谷与太阳日日宁静相守形成的一种大爱，沉默中的大爱。当我独自进入它们的怀抱之后，我便感觉它们把包容、慈爱而温和的目光都转向了我，注视着我的一举一动，注视着我的一思一想，让我产生一种备受关爱的难以自抑的愉悦情怀。

只有大自然才具有如此魔力，让每一个进入它的人，都会本能地回归到洁净纯美的初心。

溯着溪水进入峡谷深处，愈往深走，溪水便愈清浅。流泉同岩石相激，发出清越好听的声音，且一路又有鸟声相随，衬托得山谷更加幽静了。我不太明白，溪水流动的声音听起来也是单调的，重复的，却为什么就总也听不厌呢？

时令已进入初冬，溪对岸山上的枫树、乌桕、黄栌、槭树、银杏，还有许多我不认识的落叶乔木都变黄变红了，夹杂在满山常青树同翠竹之间，明暖、斑斓，十分好看。

路边各种野草也大多枯萎了。枯萎的野草并不都呈黄色，有一种枯萎的，名叫"鹤虱"的野草是这个季节的主打，就是那种你一走进去就会沾你满身细细草籽，拍也拍不掉的那种野草，它们在这个季节里呈现一种紫褐的颜色，又喜欢成片的生于农田边，远望去像一片正在流动的紫烟，更为冬色添得几分迷离。

野花也还不少。白色的一年蓬，黄色的野菊花，都在山崖边一丛丛盛开着。路边又常有菜畦，蓬在低矮灌木上的扁豆藤里还挂着许多小花，一朵朵，像停立在绿藤间的小紫蝶。

菜畦里的水萝卜樱子绿茵茵的，一个个红萝卜却都从土里露出半截身子，诱惑着你，让你忍不住想去拔它。经过霜的水萝卜是最好吃的，清甜透心，让人一想着就会口舌生津。卷心白菜也长得很好，辣椒也还没有扯树罢园。这一切，都让人感觉亲切，有着农家庭院的无限生机。

在大山里，只要你一直沿着溪水行走，不管进山多深，都总会逢到人家的。不管那些人家住得有多么稀疏。

我逢到的村庄很小，沿路只有几户人家。村庄极安静，见不到什么人，只看到他们把簸箕搁在溪边菜地的柴禾垛上，里面摊晒着烟叶、萝卜条、霉干菜。

一户人家的白粉墙上，贴着一张被风雨剥蚀褪色的旧海报，我从海报上读到这个村庄名字叫"磨子溪"。

我用心记下了这个名字。

有一个女人坐在院子里削萝卜樱子，看样子是准备腌渍萝卜酸菜。

另一户人家有一个男人坐着轮椅在院子里，拿一把小弯刀，细细削刮着搁在膝上的细长竹片。瘫痪的双膝上垫着布围裙。大概是想做一件什么器物吧，不急不忙的样子。我猜想他或许是矿井下受伤后退下来的工人。

进入山谷之后，手机已经没有了信号，这些山里的居民只能看着花开花谢，听着门前溪涧的流水声同鸟声来消磨时日。

住在山外的人，一定想不到深山里还有如此原始的生活状态吧。

山中方一日，世上已千年。这样宁静的生活，究竟是令人生更寂寞，还是令岁月更悠长呢？

2014年11月14日　晴

山 之 子

进山的道路一直很好，平坦、干净。

道路两旁有寂寂无名的野花、枯萎的杂草、腐败的黄叶、裂了口的板栗壳，还有一颗颗黑溜溜的羊粪。

羊粪的形状颜色同大小都像极了冬青树的果子。我想，这山里一定有人家在养黄山羊。

果然，不久我就逢上了。

女主人刚刚将羊群赶出羊圈。她背上背着背篓，准备出去扯红薯藤，脚边跟着一个三四岁、穿着红夹衫的小男孩。

这群羊不多，十几只吧。领头的老公羊头顶上一对微弯上举形似羚羊的长角，下巴上垂一簇长长的山羊胡子，脖子上还挂着铁铃铛。一走动那铃铛就叮叮当当响。一群老羊小羊皆围着它，咪咪叫着，跑前跑后撒着欢儿。

这些羊也不怕人，我给它们拍照，它们不躲，反瞪着黑溜溜的眼珠子，好奇地盯着我看，仿佛有无数的问话要同我说。山羊通人性，目光极慈和。

小男孩扯着妈妈的衣角，悄悄说："妈妈，阿姨给羊羊拍照。"

妈妈抚摩着小男孩的头，弯腰笑起来，"是啊，阿姨给羊羊拍照呢。你快去放羊吧。"

这些山羊其实并不需要人看管，它们在山坡上吃饱了野草，会自动回家的。而且，不管它们转过几道山崖，只要听到领头公羊脖子上叮叮当当的铁铃声，你总会知道它们在哪里。

黄山羊有一种特殊的本领，它们能像野麂子一样，在陡峭的崖壁上健步行走，也不会跌下山崖。

在大山里行走，如果忽然逢上一群可爱的，贴着崖壁吃草漫步的黄山羊，那是不必感到惊奇的。

山里人喜欢养羊，那是他们的生活中的伴侣，也是他们的财富。

大雪深冬，家家户户都烧起木炭火的时候，这些黄山羊就养得膘肥肉满了。主人会将它们宰杀了，背出山去，背到镇子上卖给镇上的居民同矿山的工人。

山里人都住木房子，木房子里都有一间熏腊房，在他们熏腊房的房梁上，也悬挂着一腿腿肥美的黄羊肉。黄羊肉正对着火坑垂下。火坑里烧着栗子木、茶木、或者柚子木。栗木茶木柚木燃烧的香气随着火焰升腾，一点点渗透到黄羊肉里。

黄羊肉烤出的油，吱吱地滴到火坑里，腾起一股细细好闻的烟。

大雪封山，一家人就围着这火坑，围着这黄羊肉同自酿的醩酒，过一个温暖而丰厚的年。

不要说他们对宰杀自己的黄山羊不心疼，可生活即是如此，容不得他们对陪伴自己生活的家禽有太多怜惜。明年春天，他们会再养一群黄山羊，又会在那新的羊群身上，倾注同样的爱和情感。

明年，山花开遍山崖，那个红夹衫的小男孩，就又长大了一岁。

2014 年 11 月 22 日　晴　小雪

山林挽歌

今日小雪节，时令已进入仲冬了。

小雪节并没有当真下雪，只是阳光很淡，像菊花一样淡。

白淡的阳光里没有温度，只有风，看不见的轻微的风。风里有霜，霜风迎面拂在脸上同脖子上，有着冰雪的淡淡清冽同凉意。

风总是从很远的地方来，也许它带来的正是远方冰雪的消息吧。

天气是更冷了，然而山林同一个星期前相比，变化似乎并不那么显著。远望去，那一丛丛红的黄的树木依然将山峦点缀得明暖、斑驳。只有走近了细看，才会发现灌木的枝柯又稀疏了不少，那残留枝头不多的黄叶也并不那么好看了，都被雨蚀了、虫蛀了，残破不全。

溪水被谷底层层枯枝腐叶掩映，是不容易看得见的。它流动的声音也较往日安静了不少。

万物似乎都在深冬里安然自守，调生养息，山谷是那样清寒而寂静。然而，越是清寒与寂静，我却越是感觉到一种看不见的生之气机在暗中孕育，勃然欲宣。

忽然，溪水对岸一株大树像被谁猛然摇撼了一样，满树黄叶在无人的山谷里纷纷飘落，打着旋，如同一大群秋蝶突然迎风而舞。

山谷里没有风声，周围其他的树木也没有丝毫动静。那么，是谁，是什么力量，突然指挥了这棵树，让这满树的黄叶在这一刻一齐纷纷飘落？

迎风而舞的落叶是静谧无声的，然而却有着惊心动魄的力量，我仿佛听到满山谷都起了一种哗然轰响，犹如大提琴奏响的乐章，如水奔流，饱满而激昂。

那是大自然奏给山林的挽歌。

是挽歌，也是颂歌，是大自然的生之乐章。它挟裹着腐败，挟裹着新生，滚滚奔流，生生不息。

2014年11月30日　阴雨

造霜的夜

夜深了，大山极安静，连惯常可闻的虫声也一丝都没有，真正的万籁俱寂。

自然之神只有在这样的静默里，才能蓄积力量一心一意制造寒冷吧。

今年冬天多雨，气候比往年都冷，小雪节才过不久，天气预报说夜里的气温已经低到一至三摄氏度了。

在这样的夜里，山林里的大小生物都应当躲在各自的巢穴里睡着了吧。我熟悉那些巢穴，那或许是枝丫上一个枯枝碎草垒起来的草窝，或许是一个山洞，或许是几块石头间的缝隙，也或许是一片可以挡风的落叶。一个小小的遮蔽所，就可以让一个小生物躲避严寒，度过漫漫长夜。

不只是动物，树木也耷着叶子睡着了。

我不能像山林里的那些小生物一样，在太阳敛尽最后一缕光线时，就缩在自己的巢穴里去安眠。我总要拉亮电灯，开着小火炉，穿着厚厚的珊瑚绒大棉衣，安安静静地在书房里坐一会，喝一杯热茶，让日间纷乱的心思宁静下来，再看看书，或是写点什么，生命似乎才得到了享受，一天的日子才算是活过了。

没有自觉憬然地享受过生之愉悦的一天，其实算不上是属于自己的。

在喝着热茶的时候，我在想，此时，在我书房对面的山上，在那黝黑的树林里，有没有一只鸟儿也同我一样，正在清醒着呢？

有没有那么一只鸟儿，在它的邻居、子女同配偶都把脑袋埋进翅下熟睡的时候，它还独自在它的巢穴里清醒着，睁着漆黑的小圆眼珠，望着天空微弱的星光，缩紧翅膀，沉默地感受着夜里制造严霜的寒冷。

如果有这样一只失眠的鸟儿，它会独自想些什么呢？想它日间唱过的歌谣？飞过的地方？远去的情侣？还是想念明日清晨的第一缕阳光，或是期盼那遥远而温暖的春天呢？

在这样寒冷的，无尽虚空的夜里，我同这样一只鸟儿会有分别吗？

明日清晨，我踏着晨雾同寒霜独自上山时，会同这只独自清醒的鸟儿邂逅吗？

2014年12月4日　晴

红　雾

冬天，天气越是晴朗，昼夜温差就会越大，晨间山林的雾气也就越浓。

今天便是这样的低温大雾天气。晨起登上山顶时，能见度只有几米，稍远处的山峦峰影都已消失在牛乳一样的浓雾里，我所站立的红色凉亭如同是浮在雾海中的悬浮之物。

早餐后，同志勇驱车前往常德。太阳已经升起来了，而山林的雾气却依然没有散尽。在青山夹峙的常吉高速上穿行，就如同是在雾海里穿行。车窗外，天空的边界轮廓已经消失，同白茫茫的雾气连成一片，如同汪洋，初升的太阳并不像是挂在天上，而如一个淡白的烙饼浮在水中，失去了空间和距离的立体感，仿佛一伸手就可以将它捞起来。

霞光映照下，牛乳似的雾气开始逐渐消散，并呈现出淡淡的蔷薇粉色，且越来越红润。远处的山峦峰影终于在红雾中渐渐显现出来，而山峰的棱角却因雾气的洇染显得模糊不清，远望去，只是由青到蓝的一层层模糊，一层层浅淡，如同乳白宣纸上晕开的水墨。

随着汽车的前进，那无限延展的水墨画卷便在眼前一层层变化、展开，流动起来……

见过许多名人画家的山水画，也都没有气韵如此生动的。实则那乳白的雾气，青黛的峰影，还有阳光渗进浓雾里那一抹若有若无的蔷薇色红光，它们因深浅、远近和浓淡的不同，形成青、蓝、红、乳、灰万千层次的变化，实非笔墨可以描绘得出。

而且，它们还每时每刻都在变化着，流动着。

记得苏东坡《犍为王氏书楼》里有诗句：

> 江边日出红雾散，绮窗画阁青氛氲。
>
> 山猿悲啸谷泉响，野鸟嘤夏岩花春。

当时读到时既醉心于其"高峡悬楼，红雾青氛"的美景，又疑心东坡有些夸张，心想雾还有红色的吗？此时见此情景，才知他笔下仙境般的画面竟然都是实景。

其实就连东坡，也描绘不出那雾海峰峦中所藏有的仙气。

想起昨夜同朋友聊天，他问我是否相信这世上有神仙。如果他此时问我，我一定拉他在我此刻所在的车窗里。那样，他就一定会相信，在远处那氤氲的红雾里，在那若隐若现的青峰之巅，是一定有着长生不老的道家仙人，正在迎着旭日吐纳呼吸，练着太极的。

2014年12月6日　晴

古道瘦马

马终于拉过来时，我见了不免心中一凉。

马多是棕色的，也有纯白的，都养得不好，孱弱，枯瘦，眼神疲惫，没有精神。

牵到我身边的那匹马，脖子左侧一大片马鬃都被连根擦掉了，右侧没有被擦掉的毛也都虬结在一起，又脏又不顺滑。

我心里长叹一声，但还是在马主人的示意下跨上了马背。

这已经是小雪节的最后一天了，天气颇为阴冷，白脸的太阳冷冷挂在天上，几乎没有温度。

一直想来邻县安化梅山的茶马古道骑一回马，想不到真来了，景象却是这样近于凄凉。

马都是附近村庄里的农家所养。有游客来时，旅游公司的人会打电话给农家，让他们牵马过来。旅游公司的人给那些马匹编了号，排了班，一天一天轮着叫。

牵马的主人也都是村庄里上了年纪的老人，同这些老马一样，枯瘦、孱弱、有些脏乱。

现在，无论哪个村庄里都很难见到壮实的年轻人的身影了。

弱马，老人，萧瑟的冬日。我有些不知我所为何来，身在何处了。

作为旅游线路开发出来的茶马古道，已经不完全是当年马帮驮运茶叶桐油出山的古驿道了，而是旅游公司在其附近另开辟出来的一条环形山道。山道的路况同当年的古驿道颇为相似，狭窄、弯曲、陡峭，两侧崖壁高耸。

山崖两侧的落叶乔木大都已脱尽木叶，枝柯寒瘦，偶有小鸟在林间弱弱啼叫。山道两侧败叶零乱，一些小野花在冷风里瑟瑟开着。

一只小小的马队就在这稀薄的阳光里，在这高山深峡的石径上艰难行走。老马每向上攀缘一步，都显得很吃力，铁蹄同岩石相碰，发出嗒嗒的声响。

马这样瘦，我身心不安地坐在马背上，感觉像在犯罪一样。

我想，当年那些驮着黑茶行走江湖的马帮队伍，要从这里出发，一直将茶叶运送到川、滇、藏等地，就算他们会在中途的某个市镇交货，也得在这深山驿道上风餐露宿，一走就是许多天吧。夜里只能找一处避风的山坳过夜，或烧一堆篝火驱寒。没有条件可以让他们洗去身上的污垢尘土和风霜，饭食也只能利用马背上驮着的炊具简单煮一煮，随帮的女人也许还得在冷风里给孩子喂奶。那一定比我此刻所感受的更为萧瑟和凄凉吧。

马是最有灵性的动物，它们会把一路风霜和马帮人的艰辛都看在眼里。它们与马帮人相依相伴、同甘共苦，是马帮人的朋友、伴侣，是他们真正的理解者和体恤者。

如今，那悠扬的马铃声，那相依相伴的小小队伍，已经永久地消失在这萧瑟的山径里了。

给我牵马的老妇人告诉我，她们村庄这些旅游的马匹多从贵州山区买来，价格六千元到一万元不等。一匹马驮着游客在茶马古道走一圈，旅游公司付给马主人七十块钱，是游客所付门票价格的一半。在国庆节等旅游旺季，马主人一个月可以有七八千元的收入，淡季两千元左右。在她们的村庄里，每户人家都养有这样一匹马，这是他们主要的谋生之道。

我知道，村庄里的这些老人，需要我们骑他们的马。

可是这些马呢？

我执意要求下了马。同老妇人一起伴着马缓缓步行，这才让我身心安宁了不少。终于卸下重负，我不知道这瘦弱的老马，是否会稍稍有点感激我。

作为一匹山区的马，一辈子只能在狭窄的山径上趔趄而行，不能在广阔的草原上发足狂奔一回，我不知道它们是否会有遗憾。我想，即便它们只能安于自己山区马的命运，那也宁愿作为马帮队伍中的一员而存在，帮马帮人驮运货物，伴它们进山出山，而不愿意仅仅为了满足城市里有钱有闲的男人女人们过一把骑马的瘾，就日复一日，一辈子磨盘一样的围绕着这条峡谷转圈圈吧？

如果我是这个养马的农妇，如果我有一匹马，即便为了我自身的生存不得不让我的马磨盘一样围着这条峡谷转圈圈，我也一定会每天用刷子帮它把身上的尘土刷干净，会用热水同香皂给它洗澡。每天放养它吃青草，给它磨豆浆。我要把它养得体型健壮、毛色顺滑，眼神机敏而清亮。

我要让它成为我的朋友，我要让它因为有人爱它而安慰、骄傲。

即便我们都不得不屈服于自己的命运，我也决不愿意让它的眼睛里常含辛酸的泪水。

2014年12月7日　阴转晴　大雪

落叶空山

今日大雪节，冬天的第三个节令。冬天至此已经过去一个月，正式进入仲冬。一年又将结束了。

据说许多地方都在下雪。湘西倒没有下雪，只是天空寒云凝冻，阴沉沉的，直到午后，淡白的太阳才终于从阴霾里露出脸来。

踏着经霜的枯草，站在谷底，抬眼已是满目凋枯，萧瑟苍凉。那些初冬时经霜而红的枫树叶、槭树叶、黄得极为纯粹的银杏叶艳丽风光过好一阵子，如今都已辞别枝头。黄栌、榉树、栗树的情形也大都如此，木叶几近脱光，残余枝头的几片黄叶凋零风中，也已虫蚀残破，不成风景。

树梢高渺了，空阔了，许多灰褐细枝高高举向天空，仿佛攒足了力气，在一起向天空呐喊、发问和祈祷。

朔风翻卷着脚旁的落叶和枯燥的茅叶，金属样沙沙作响。

在这样萧寒的冬日，山林里其实已无可观，我不知我来寻找什么。

地垄边，一些枯凋的扁豆藤、丝瓜藤和苦瓜藤绻在地沿，没有来得及拔除，藤蔓上还残挂着一两只未及长大便老去的扁豆、丝瓜或苦瓜，农人已不再管它们，任它们虫蚀鸟啄。

地沟边堆着一些细竹。风霜雨淋，细竹上长出了一层黑苔。春夏的时候，这些细竹曾经站在地垄上，撑起一架架的黄瓜丝瓜苦瓜，撑起一季的繁荣和许多青青菜蔬。如今，它们也同大地一样休息了。

大地就像一位慈爱的母亲，她把冬日的萧寒、伤痛、新生和死亡全都一齐紧紧揽在怀里，让它们在她怀里休养、安息。林间鸟儿已经不再啼唱，只有谷底溪水沉积了落叶，清流铮铮，似大地母亲在低低絮语。

溪涧，几段新伐的木头堆在溪边。新伐的木头断面一圈一圈的年轮清晰、湿润，还在散发着清新醉人的湿木香，而伐木的主人却已经不知何处去了。

山林空寂，不见动静，这些木头仿佛都是山林自己伐倒的。

不由想起韦应物怀山中道人的诗：

> 今朝郡斋冷，忽念山中客。
> 涧底束荆薪，归来煮白石。
> 欲持一瓢酒，远慰风雨夕。
> 落叶满空山，何处寻行迹。

道人不可寻，樵夫不可寻，唯有落叶满林，流水叮咚。默念韦诗，只觉得山林越发清寒空寂了。

人生半百，知交零落。此时，又有谁还会像韦应物一样，念着我这个在山中愈行愈远的"山中客"呢？

一向自谓性空，不与世扰，只抱着自己的孤独与骄傲，如山中道士一样在山林踽踽独行。可一点热血在，一点心照在，云空又何能空？

2014年12月10日　阴

溪涧寒莓

十二月，溪水瘦寒。瘦寒的溪水沉积着落叶、腐草和卵石，在谷底铮铮流淌，清澈空灵，如同小令。

山谷越发深邃空灵了。落叶覆满溪径。溪径边，一些黄色的小野菊在冷风里瑟瑟开着。也还有一些寒莓的野浆果，红星星一样藏在荆棘丛里。

小野菊和野浆果，它们是深冬溪涧边最温暖的色调。它们是山林的孩子，是山林吐露的最贴心的密语。

溪涧的灌木丛里，鸟儿们不再放声啼唱，它们只在枯枝落叶间觅食，弄出一些窸窸窣窣的响声，间或才发出一两声"叽叽"的弱叫。

溪流、野菊、寒莓和小鸟，它们是彼此的知交和密友。整个冬天，它们都厮磨在一起，构成山谷幽秘而充满生机的世界。

有寒莓的地方，是必有鸟儿的。寒莓红星星一样的野浆果，饱含清甜透心的汁液，是鸟儿们冬天的美食。

有寒莓的地方，也必有溪水。也许，那红星星一样的小果子，也喜欢聆听溪水在岩石上叮叮咚咚的弹奏吧。

寒莓，又名覆盆子、山莓、冬泡，它同三四月结果的三月泡、插田泡都属同一类，同属蔷薇科悬钩子属，都可统称刺莓、刺梦儿。它们的颜色、样子和味道都极为相似，如果不是因为季节不同，我还真以为我是又同四月里的刺梦儿故友重逢了呢。

给四月的刺梦儿花拍照，吃刺梦儿果，仿佛还只是昨天的事情。

谁知道呢？也许它们就是四月里的刺梦儿也说不定。这些山野里的小精灵，总是在时光里，在山林中跑来跑去的，一会儿出现在这里，一会儿出现在那里，捉迷藏似的。这是它们惯常玩的游戏。

我看到的寒莓也有两种，一种像野葡萄样的成串挂在刺藤下，它们的个头比较小，颜色也比较黄，我想，这些浆果的味道应当比较酸，不太好吃吧。另一种寒莓红艳艳的，个头似乎比三月泡更大更饱满，像三月泡一样一颗颗零散的藏在匍匐的藤叶下，若隐若现。

两种寒莓的叶子都已经虫蚀残破，有许多果子已经掉落，或是被鸟儿吃掉了一半。我勾下身子，小心躲避着藤蔓上的棘刺，探向溪边摘取了几颗红艳饱满的大寒莓。送到嘴里，一股清甜透心的汁液便顺流入了心。

想着，我这可是夺了鸟儿们的美食呢，不禁哑然而笑。

2014年12月20日　晴

金橘耀冬

一个星期来，天气每日晴好，阳光艳黄如金，温暖如同小阳春。

冬日阳光就像慈母，有着黄金般温暖的色调和情怀，它把如雨的金线温柔地洒向田野，大地山川便如同落满了黄金。

忽然怀念起向阳的山坡上那些橙黄耀目的橘子来。这个时节，它们应当正在享受着阳光的特别宠爱。

湘西多橘园。石门、桃源、泸溪，麻阳都是盛产橘子的好地方。坐车从这些地方经过，常常就能遇一大片结满金黄橘子的山坡，馋人眼目，也暖人眼目。这些地方出产的柑橘，水分充足，味道甘甜，对此，沈从文未完成的小说《长河》亦曾有描写，读来令人悠然神往。

风景虽美，橘子却越来越不值钱了，特别是在出产地，价格更贱，一元钱可买三斤。一片橘园可下橘子几千斤，要用剪刀一个个剪下来，一篓篓背下山，是很重的体力活。现在村庄里基本没有年轻人，几个老年人已经不能胜任这样的重体力活了。若请人来摘，工钱比卖橘子的钱还要得多。那些有橘园的人家，不得已，只好放弃采摘，也就因此逐渐放弃了春季的剪枝、施肥和培管，任由那些橘园自生自灭。

湘西的很多橘园，就这样逐渐荒芜了。

有同事老家在泸溪，他家里便有大片橘园正在这样自生自灭。想着山坡上，那些金黄爱人的橘子，正一日一日在如此美好的阳光下闪耀光泽，却无人理睬，总是一种牵挂。于是一干人相邀，周末驱车去泸溪，上山摘橘子去。

从官庄小镇开车至泸溪县城，车程一个半小时。

泸溪是一座美丽的小山城，宽阔的沅江穿城而过。江水两岸烟树凄迷，房屋依依。

同事家的橘园离县城不远，就在江边高高的山坡之上。

沿河岸婉转，攀缘上山，沿路都是满树橘子缀挂枝头，也分不清谁是谁家的。

同事带领我们一直攀缘到山顶，爬到最高的一片橘园才停下来。越是向阳的高坡，橘子才会越甜。

不一会儿，树上就挂满了各色棉衣。

我顺手摘下许多橘子，将肚子吃得饱饱，然后就坐在高坡上晒太阳，望着山下宽阔的沅水同两岸凄迷的烟树发呆。

江水两岸极静谧，见不到什么人，亦听不到多少声音。江水深沉黝黯，水流缓缓，河面上亦无船只往来。

城市越来越拥挤，而乡村却越来越安静了。只有落日如金，临照着橘园，临照着河水同两岸烟树与房屋，沉默无言。

我想，自夏商周以来，自人类文明起源以来，落日余晖就是这样，一直临照着这一条江水，临照着这凄迷的烟树同两岸生民的歌哭吧。

站在遥远处看这夕照，只觉得人类为生存所做的一切努力和改变，都显得那么微不足道。我无法判定，生活在这条河边的人，哪一个时代对他们来说才是最好的。也无法判定，今天他们纷纷拥向城市，冷落了乡村，荒废了橘园，是否正确和必须。

落日与河流都不予回答。

驱车离去时，回头频望，那满坡的橘子仍然在夕阳下橙黄闪耀。我们所摘下的那些，同它们相比，几乎可以忽略不计，连痕迹都没有留下。

冬至

2014年12月22日　晴　冬至

冬至白霜

今日冬至。

天气当真寒冷起来，夜里气温低到零下一摄氏度到零摄氏度。早晨起来，禁不住一阵惊喜，真是一个罕见的霜晨啊，田野里、屋瓦上，全是一片白霜晶莹，如同覆了一层层细细白雪。

南方有白霜的日子并不多，这可是今冬第一场真正的严霜啊。

有严霜的日子，必定也是艳阳高照的好晴天。

通红的旭日很快升起，霞光万缕投射到田野，投射到田野里枯茅荻、枯稻茬、满田油菜苗同青青菜蔬的白霜之上。这些白霜得了阳光的照耀，获得了灵性，在原野里闪耀着淡紫的、冰晶的光芒。

我爱这样的严霜之晨。它能令农舍、竹林、朝阳和青青菜蔬都具有一种特别的洁净和清透之美。

这样的早晨行走在田郊，嘴里会呼出团团白气。凛冽的霜风穿透棉衣、刺激着面颊同肺腑，身体由内而外仿佛都变得清透而冰凉，却又充满生机和希望，就同地里的萝卜白菜一样，同脚边清亮的溪水一样，经了霜，愈发有了浸透肺腑的清冽与甘甜。

　　能让果子菜蔬里的糖分变甜，似乎唯有冰晶一样的严霜才可以办到，是何原理我不得而知。我只觉得世间万物，世间的人，都应该接受这种严寒的洗礼，才可以洁净身心，激发新的生机。

　　如果在这样的早晨牵牛出来喝水，它也会变得磨蹭起来，在田埂上走得慢慢吞吞，也不知它是要欣赏风景还是惧怕寒冷。道旁野草已枯，没什么可吃的，可它依然要低头慢慢磨啃那结满严霜、略略泛青的枯草皮。路面低洼处结着薄冰，不小心一个趔趄踩塌下去，咯吱脆响。

　　溪水已经清浅，败叶枯枝掩映，水中鱼虾已藏入岩穴，不到午时阳光将水晒暖不会出来。小鸟在旁边霜草里觅食，偶尔弱叫一声。牛下到溪边，低头喝一口水，便冷得抬起头来，伸长脖子喷出一大口白气，朝着远方的天空呆呆地望半天，满腹深沉。

　　它似乎是望见了遥远的春的消息，正从天边远远而来。

　　牛的盼望是没有错的，冬至是一年中白日最短，阴气最盛的一天，这之后便是小寒大寒，一年中最冷的日子已经到来了。然而，阳气也正是从冬至这一天开始复生，风向已由正北的大漠风转变为由东北方向而来、化生万物的条风了。

　　《周易》中所谓"一阳来复"，即是指此。新生从死亡中来，温暖在寒冷中滋生，而春的消息，便正是孕育在这极寒的冰霜之晨，孕育在这清冽的、化生万物的条风之中啊。

　　温度很快升起来了，霜晶在阳光的照耀下渐渐化为露珠，融入泥土。青青菜蔬同满田油菜苗摆脱了霜花，迎着阳光微微摇摆，越发青翠爱人了。

潺潺溪水也越发清亮了。

多么美好的冬日清晨啊，我仿佛听见村庄正在霜风里、在阳光的金线里、在满田的青青菜蔬里，轻轻哼唱着它轮回不休、生生不息的歌谣。

2014年12月27日　晴

生命的伊甸园

阳光明艳，山冈上的枯草岩石闪耀着黄褐色的、充满神性的温暖光泽。

将车停在长满落叶松的山道，走下一段落满松针的小山坡，转一个弯，就进了一户农家的前院。

典型的湘西农家庭院。黛瓦飞檐的灰色砖房半隐在绿树之间，背依山冈，面朝田畴与池塘。侧前方是一大片橘园。正是橘熟时节，满林橘子缀挂枝头，橙黄耀目。院前一角有丝瓜藤苦瓜藤攀爬在瓦砾堆上，藤叶枯凋，暴露出几个肥硕的老丝瓜。十几只黄母鸡瓦砾堆旁闲散觅食，见人不避。

听见我们脚步声响，一个少女不知从哪里忽然闪身而出，怀里抱着一大捧金黄菊花。

"外公外婆山上摘橘子去了。"

既然少女称庭院主人为外公外婆，那么这位少女就是他们的外孙女儿。她今年应当有十三岁了。

少女为婴孩时，我曾抱过她。我曾陪她的母亲抱她坐火车去广州。婴儿的父亲在广州某工厂打工。婴儿一夜在火车上哭闹不休,她母亲年轻,焦灼,忍不住也哭了起来。那一夜,是那么漫长。

婴儿稍长大能行走之后,就被从广州送回故园交给这两位老人抚养。婴儿的母亲则继续留在广州,同婴儿的父亲一起打工,寄钱养家。

这么快,青山绿水就养育婴儿成了一位妙龄少女。她脸上已经蒙上一层青春的光晕了。

这世上没有什么比一颗少女的心更神秘的了。而一颗留守少女的心,就更孤独难测了。

村子里孩子很少,少女几乎没有同伴。放学回家后,这个寂静的山湾就成了她一个人的王国。宁静的池塘、凋枯的水草、斑斓的橘园,还有屋后那幽静的松林;松林里调皮的小松鼠、野兔和鹳鸟,这些全都是她的朋友、她的臣民。它们疼爱她,体察她的心思,珍藏她的眼泪和欢乐。它们默默地对她说话,陪她玩耍,以沉默的爱的力量守护她成长。然而少女对此是浑然不觉的。

"你读初中了吧?"

"嗯,初一了。"

"你哪里采这么多菊花来?"

"山上有。它香气好闻,我采来玩。"

少女羞涩地笑着,她的心里还只有单纯同快乐。我不敢问她是否想念母亲。

等两位老人背着橘篓进了院子,少女就一溜烟闪进屋去了。过一会儿又忍不住跑出来。菊花不见了,她扶住一把空木椅的靠背听我们同老人说话。

老人的背驼了,面皮身躯都焦枯如老树,也像老树一样有着顽强的生命力。

少女是这片土地的公主，两位老人则是这片土地的奴隶。

老人在这片土地上出生，也在这片土地上成婚、生子。他为孩童时、新婚时的那些景象究竟是离他很远了，还是像照镜子一样清晰映在他心里，恍然如昨，那是我无法知晓的秘密。老人没读什么书，他对世界和对自身生命的全部认知都来自这片土地。他翻开泥土、揉碎它、播下种子，然后再看着种子发芽、生长、成熟。他翻掘泥土的时候，泥土也就进入了他的灵魂。他了解土地的全部秘密，他们早已是心照不宣的朋友。

土地为懂得它的老人慷慨奉献出果实，滋养老人的生命同灵魂。但同时，土地也像海绵吸水一样，吸吮着老人的青春、汗水同热情，直至他生命干枯。

老人也曾短暂的离开过这片土地。他的儿子同大女儿都住在城里，他们将老人接进城去，洗去老人身上的尘土，换上拖鞋和干净衣服，他们企图同解放奴隶一样，把两位老人从土地的束缚中解放出来。可老人只住了半个月，就开始收拾行装，嚷着要回家。

儿女们很恼怒。

"你俩年纪大了，不跟我们住一起，要有个三病两痛我们怎么能及时知道？叫我们怎么放心？"

"这么大年纪还要回去种地，不知情的人还以为我们做儿女的不孝，不愿意养你们呢。"

老人说不出什么话来辩驳，只是固执地要回去。他们受不得城里的憋，受不得城里的闷，受不得整日无所事事的闲。再住下去，他们就要得相思病了。

回到家，放下行李，重新换上粗布衣服走到园子里去，老人心里舒坦了。园子里垂挂在藤架上的长豆角、黄瓜苦瓜、苍翠的橘园、田野清凉的晚风、夕阳和空气，都像是他的老朋友。它们一齐无声欢笑，热烈欢迎他的归来。

老伴也心满意足地笑了，从柴垛上抽出一大捆木柴，进灶屋把炊烟升起。

他们的生活又恢复了往日模样。他们继续喂猪、养鸡，继续把外孙女儿接过来读书。

老人这才明白，土地就是他的主人，他的生命，他也是这土地上的一株植物。土地捧出一颗绿芽一样捧出了他的生命，然后他就在这里生长、成熟，直至长成一颗冬天垂挂枝头的果实，只等一阵风来，就陨落在地，归于尘土，与泥土重新融为一体。

老人最终会走上这一条路的。那也许并不是特别痛苦的事情，只是生命的自然过程。我好奇的是，在那生命的最后时刻，印在脑海中带进泥土里去的，将会是怎样的一幅人生图画呢？

少女很快会长大成人。她要出去读很多书，走很远的路，会为了一个男人重新构筑起一个新的世界。

要很多年过去之后，她才会成长为一个历经沧桑的妇人，洞悉这个世界的秘密，变得坚定和明晰起来。那时候，她或许会牵着她的孩子，重新回来站在这块土地上。

要到那个时候，她才会明白，原来她从来没有真正懂得过这片土地，没有真正懂得过果实一样成熟的两位老人，没有懂得过那个十三岁手捧菊花的少女所拥有的整个王国。

那就是她永远失去了的，生命的伊甸园。

2015年1月2日　晴

白面狸

冬至过后，下午的时光就很短暂了，再晴好的阳光也是稍纵即逝。

而这短暂温暖的午后时光却是冬日山林的福音。冷叶寒花会在阳光里舒展；一天不叫的山雀会在这时出来啄食浆果，叽叽喳喳；一些啃食坚果的小动物也在林中活跃起来。

机警的小动物是不容易见到的，可想不到的是，我这样的视力居然也能逢上一只白面狸。

白面狸只是盯着我看了一眼，就抱着树干一闪而过，不见了。可是，就那一眼，我已经认出了它那特征性的白花脸。还有那机警、锐利，充满好奇的眼神，给了我很深的印象和刺激。

我猜它其实一定没有躲远，它一定是藏在某丛枝叶间，还在偷偷地观察我，只是我看不到它罢了。

林中的这些小兽物有它们的快乐，也有它们的寂寞，它们发现一个新鲜的入侵者，也会充满好奇，是不会轻易放过观察和探究的机会的。

山林中有很多这样的小兽物。我曾经也遇到过一只小松鼠，同遇到这只白面狸的情形差不多。只是小松鼠盯着我看的时间长一点，它还竖起它那蓬松的大尾巴对我摇晃了几下，得意地展示了一下它的风姿，才从容不迫跳到另一棵松树上，飞快地跑开不见了。

奇怪的是，同这些小动物只是这样匆匆一瞥，也觉得彼此之间有一种奇异的理解与沟通。我们仿佛懂得彼此的心灵，懂得彼此的寂寞、机警、新奇与快乐。而在与人相处时，我却反而常常失语，我总看到许多障碍存在，却无法去打破它，愈是开口说话时，便会走得愈远。也许心灵真正的沟通有着宇宙的另一种密码，从来不是我们口中的语言。

白面狸也同小松鼠一样，有着猫一样尖利的爪子，擅于在树木上跳跃奔跑和攀缘。因专吃林中的野果子，所以又名果子狸，也称花面狸，本地人干脆简称白面。因为它吃得好，个头虽不大，却也养得毛发油亮，肉质肥美，因此常有被山民捕猎的危险。

山民们喜欢捕猎的还有一种叫作竹鼠，俗名又称芭茅老鼠的小东西。这小兽物喜欢啃食甜甜的竹根同芭茅草根，极擅长掘洞。白面狸自己不会打洞，有时候，它们也会借住竹鼠废弃的洞穴。山民们要是发现了竹鼠的踪迹，就会兴奋地用锄头来同那小东西比赛挖洞，一边挖，那小东西一边逃，山民们的锄头还常常挖不赢小竹鼠，得用烟熏或灌水才能将那小东西逼出来。这样的捕猎过程，总会给山民带来的极大的成就感和快乐。

山林中的这些小兽物都很机警，山民要捕到一只竹鼠或者白面狸也并不容易。而且，山民们也不专门去捕这些东西，只是偶尔遇到了，才会起兴要同它们斗智斗勇弄到手。他们弄到一只这样的小兽物，会很兴奋，吩咐家人弄一大桌子菜，然后打电话给相熟的亲朋好友："我今天弄到了一只白面，过来好好喝杯米酒啊！"

白面狸被认为是山中最好吃的尤物，能被山民邀请去吃白面狸，那是难得的尊重和殊荣。可是我却不愿意下筷吃那东西。我不愿意吃那东西，并不仅仅因为它是国家要保护的野生动物，其实只要山林保护得好，只要人不贪婪，不大量猎杀这些野生动物去换钱，偶尔捕一只来吃是不会令这些野生动物减少和灭绝的。我不愿意吃，是因为我实在忘不了它们那黑亮而机警的眼神，忘不了我同它们曾经有过的短暂的心灵沟通。

2015年1月6日　雨　小寒

炭火那么温暖

今日小寒。细雨纷飞，气温三度。

小寒一到，就进入三九寒天，到了一年中最冷的时候了。

夜里偎着火炉看书，想起白居易《问刘十九》诗："绿蚁新醅酒，红泥小火炉。晚来天欲雪，能饮一杯无？"

寒冷的冬日，还有什么比红红的炭火炉同温热的米酒更能暖人心窝，更让人怀念友人呢？

山区寒冷，霜雪飞舞的漫长冬天，就是那一盆红红的木炭火，暖暖的熏腊房，才让整个山区的生活安定又温暖。

二十年前来到官庄，随意走进一处山谷，总能于路边逢到一些烧制木炭的炭窑，也总能逢着背木炭下山的山民。

山区路狭，多林障，不便挑担，背东西皆用背篓。山民们背木炭下山也用背篓。烧好出窑的木炭黑亮如漆，却一枝枝仍完整如原木。山民们将碎的木炭放在背篓里，一枝枝长木炭就横捆在背篓上，堆起像一座山。一背篓可背百多斤重。看他们背着木炭艰难下山，就好像看着一座座黑色小山在移动。常常是他们走得很远了，我还要痴望好久。

一到冬天，小镇到处都是卖木炭的山民。

木炭以木质紧密的杂木烧制的为好，如栎木、栗木等。木质紧密的杂木烧出的木炭像黑金钢，闪着银亮的光泽。这样的木炭火力强劲，燃烧的时间也很长。镇上居民对挑选上等木炭都很有经验。看着他们在街边同卖木炭的山民讨价还价，不急不忙，便会觉得日子安稳、岁月悠长。

山民们卖完木炭结伴归家时，背篓轻松了，背篓里换成了镇上肉案上砍的几斤猪肉，或是几把青菜，有时候，甚至还在背篓上插着一把野菊花。看他们男男女女、三三两两，沿着山谷，沐着夕阳，背着轻松的背篓闲闲归家，真觉得那是世上最美的风景。

想起《康郡年纪》的作者说，"如果没有自己的农场，就有可能形成两种错误的看法。一种是认为早餐都来自杂货店，另一种是认为温暖来自壁炉。"《瓦尔登湖》的作者梭罗也说："这些树根给了我两次温暖，一次是我劈开它们的时候，一次在燃烧它们的时候。"那么，木炭给了人多少次温暖呢？算算吧，进山伐木、削枝整理、筑窑、烧窑、出窑、再背炭出山，这已经出过多少身汗了呀？

只有贴近生活的劳动，才会让人如此美丽。

最后，木炭在火盆中燃烧时，还会狠狠地使你再温暖一次。

一盆安静燃烧的木炭火，就像是你的灵犀，又像是陪伴你的亲人和伴侣。那红红的火焰，那温暖的特殊芳香，就像亲人的守护一样那么贴心，让你的心里安定、温暖又踏实。就连那炭屑燃烧时轻微的"噼里啪啦"的爆裂声，也像是亲人在对你低低絮语。

在病房值夜班那些年，漫长的冬夜，就是那一盆盆温暖的木炭火像知心朋友一样陪伴着我。夜那么静，病房里病人都睡着了，我一个人偎着红红的炭火，一本一本慢慢翻看病历，查对医嘱，只觉得冬夜那么漫长、宁静又温暖，就连自己的思想，也变得亲切和贴心起来。肚子饿了，就把日间做好带来的饭菜用搪瓷盆子在炭火上热了，一个人慢慢吃。木炭火会将搪瓷盆子底部的饭菜烧出一层焦锅巴，芳香四溢。那时候，觉得饭菜也是亲人。

后来，为了保护山林，政府明令禁止烧制木炭，山中炭窑就少了很多。其实，真正让山民减少烧制木炭的原因并非是政府的禁令，而是城市居民都住上了现代化的小洋楼，不愿意再烧能产生灰尘的木炭而改用电火炉了。为卫生计，医院当然也不能再烧能产生灰尘的木炭了。

而乡下人家，却依然不能舍弃炭火，也不能离开炭火。对他们来说，有一个温暖的炭火坑，有一间暖暖的熏腊房，才能成其为家，才有家的温暖和安定。政府虽有禁令，他们依然会砍伐一些不成材的野生灌木，烧一小窑木炭自家用。而那些奔波在外的游子们，则每到冬天，就会开始刻骨怀念家中的炭火坑，想念木炭火那红红的火焰和温暖的芳香，想念房梁上腊肉油脂滴到火坑里的"吱吱"声，想念火坑旁火光映照着的两位白发苍颜的老人，要冒着风雪，千里万里地奔了回来。

官庄小镇上也还有许多地方依然在烧着木炭。像今日这样寒雨纷飞的清晨，你随意走进一家路边小店，选一张桌子坐下来，店主人就会立即上前来，掀开烤火被，把桌子下火盆里的炭火拨旺些，或再添加几块木炭，然后依然将烤火被拉顺盖好在你腿上。一杯热茶，一碗热气腾腾的猪脚粉，主客间无需多言，便胃也暖了，心也暖了。若能在下班之后，像白居易邀刘十九那样，下帖子召知己好友围炉对饮，或是聚三五好友围桌而坐，炖一钵滚滚的羊肉，温一壶热热的米酒，则任何阴寒的黄昏也都是温暖的了。

2015年1月10日　晴

山中木屋

沿着谷底叮咚的溪水一直往深山里行走，总能逢着一些原始的小村落。在这些小村落里，还有一些居民在烧着木炭火，住着原始的小木屋。

小木屋多建在半山腰。原木的木廊、木柱、木板壁、木楼板，就连屋顶也盖着原树皮，刷着亮黄的桐油。小木屋和桐油都经历了风雨和年月，色泽暗淡而沉稳，如同被封存的岁月。

这样的木屋子住着舒适、温暖、安宁，且不易罹患风湿。

好友阿莲的老家就是这样的小木屋。小雪节已过，到了腌制腊肉的时候了。她老家叔祖杀了一头年猪，阿莲邀请我们几个同事去做客。

阿莲的木屋在花岩山高高的山腰上。房子很大。堂屋、厢房、处置室、厨房、熏腊房、卧室、小阁楼，应有尽有，每间房都有高高的木门槛相隔。

抬脚跨进那高高的木门槛，便仿佛是跌入了小脚祖母庭院深深的旧梦。抚着厚厚的木板壁，从这间屋转到那间屋，陈旧的木门轴被我推得"吱呀吱呀"地响，亦仿佛是老祖母在唱着一曲古老而温馨的歌谣。

想着好友阿莲就是在这样的木屋里出生，听着这样的"吱呀"声长大，不由得对她好看的眉眼深深地多望了几眼。

难怪啊，青山绿水养育得她如此好看。

在她很小的时候，她可曾跟着这"吱呀吱呀"的木门学过唱歌？

可曾在这木窗下学过绣花、描红、写毛笔字？

可曾跟着父兄出门狩猎和放羊？

拥有一栋半山腰上的小木屋，一直以来就是我的梦想啊。

阿莲微笑着，搬出木椅，让我们坐在院子里晒太阳。

年猪已经杀好，猪肉正在肉锅里煮着，满院子飘香。老黄狗也跟着我们跑出来，卧在我们脚边，任由我们抚摸它柔软的毛。

夕阳如金洒落在院子里，也洒落在峡谷对岸的峰峦上。峡谷幽深，对岸峰峦连绵深苍。在夕阳的映衬下，山腰氤氲着一层薄薄烟霞，且夹杂闪耀着明暖斑驳的红黄树丛，呈现出一种冬日山林特有的，暮霭般的烟紫色。

院子里则靠墙码放着整齐的木柴。屋畔菜畦里种着青青菜蔬，竹篁林木掩映。几只寒鸟正在竹林里觅食，轻声叫唤。竹筒引来山泉水滴落到院角水缸，叮咚作响。

在这样的院坪里坐着，看夕阳如金，看层林尽染，看山花开落，真可以悠闲得让人忘却岁月，忘却理想。

想想吧，待到白雪飘零山头时，屋内的熏腊房里，悬挂着满房梁的兔肉、羊肉、野猪肉。火坑里的栗木、柚木、油茶木都烧得红红的，将这些腌肉熏得肉香四溢。而书屋里则有满屋的书，木炭火烧得旺旺的，茶壶煮得咕咚咕咚响，你就坐在火盆边看书，看到东方发白，白雪覆满山头也不自知。那时，就算山外的世界都成毁了，又与你何干呢？

过几日雪化，再背着背篓，沿着残雪掩映的清溪缓缓下山去，到镇上去采买货物，补充给养。寒鸟、老黄狗、野菊花，还有覆着残雪的叮咚溪水，都会一路陪伴着你。你连日看过的书，都在这一路清冽的微风里慢慢化掉，随风远逝。

这样的日子，是不是赛似神仙呢？

2015 年 1 月 17 日　晴

山坳之灵

入冬已深，阳光越发稀薄了，光芒淡白而清寒。山林在淡白的阳光里寂静，仿佛饱经沧桑的老祖母，怀着宁静而古老的忧伤。

溪水穿谷而过，声音空灵清澈。

溪水两岸枝残叶破，只有几串小红果还残挂在棘刺的枝头，寒鸟已经不再歌唱，夏日里曾经喧闹的一切，都奇迹般安静下来。

缓缓行走在这样熟悉的山谷里，就仿佛是走在了某个熟悉的故去前辈的梦里，又仿佛是在同某个熟悉的故友魂梦相逢，灵魂的气息是那么亲切又熟悉。

翠竹、杉树；层层的积叶、松针、腐烂了的板栗壳；白色的油茶花；连根拔起扔在地头的辣椒树；一畦畦的红萝卜同大白菜……它们全都那么安静而美好，共同构成山坳里寂静而充满生机的世界。在这生机里，我仿佛看见了无数爱的精灵，在这山坳里静静飞舞，美丽闪耀如同蝴蝶翅翼上的鳞光，却稍纵即逝，无可捕捉。

万物有灵。我确信在这每一样事物里头，都住着一个美好而安静的灵，那是某个死去的人的灵魂，是灵魂不死的爱。

正是这些美好而安静的灵，在促进万物生长。它们是生命、是美、是爱、是宇宙的灵魂和密码。

我想，等我离开之后，这些安静而美好的植物，这些不死的灵魂，是否会用我听不懂的，属于它们的语言轻声交谈呢？

2015年1月20日　晴

岁末之寒

大寒是一年中最后一个节令。岁末了，一年将尽了。

记忆中，岁末的冬天总是非常寒冷。即便无雪，也总是寒云凝冻，干燥阴冷，同妹妹穿着小花棉袄，双手笼在袖子里，也会冻得清涕直流。走到哪里，都只见凋枯的落叶、枯黄的衰草、冻得干硬的土块和结着一层油亮薄膜的水洼池塘。

母亲说，大寒的水是腊水，不滋生病菌，挑池塘里的腊水来泡糍粑，可以泡到来年三四月春暖花开都不坏，可若沾了立春之后的水，几天就会起霉坏掉。

腊水虽有那样神奇的妙用，却是不被我们小孩子喜欢的。岁末的冬天，家里总还会有两个大水缸，泡着两大缸糍粑。这泡糍粑的腊水经久不能换，时间久了，水面也结着一层户外池塘那样的薄膜。厨房里灶火燃了，挽起袖子，伸手入水中捞几个糍粑出来烧，阴寒刺骨的腊水会冻得你直咧嘴。

在那样寒冷的冬天里，穷人家的孩子，是不会去关心什么腊梅花开之类的雅事的，心里想着的，只是一件过年的新棉袄，厨房里红红的灶火坑和亲人的团聚。

父母深知孩子们的心愿，就像《诗经》里说的："八月在宇，九月在户，十月蟋蟀入我床下。穹窒熏鼠，塞向墐户。"他们已经把活动从户外转向了室内，专心在家里给孩子们做吃食，准备过年。趁着腊水不腐，腌制腊肉腊鱼、做坛子菜、炒爆米花、扎糍粑、熬麦芽糖，磨豆腐。灶门口柴火不熄，一家人欢乐融融。

如今，不知是气候变了，还是人变了，或是生活条件太好了，总没觉得冷。

也许，近些年生态破坏太严重，自然气候也确实变了吧，小寒大寒，按理说是一年中最冷的日子，总要落一场两场雪，可这段时间却每天都是艳阳高照，温暖如同阳春。

再也没有人为我们做这些吃食了。

今天是大寒节，照例艳阳高照。我孤孤单单坐在阳台上，看着海棠花依旧在暖阳里静静地开，总觉得不下雪的冬天，不寒冷的冬天，纵然再舒适，也缺少一点什么。

我知道我所缺少的，并不只是一场雪。

2015年1月29日　雨夹雪

大寒初雪

打开手机，看到天气预报一连四天都画着一朵小雪花，真是乐坏了。

我知道许多人都同我一样，是伸长脖子盼望着这场雪的。这已经是大寒的最后几天，马上就要立春，如果不下雪，这个冬天就将成为一个无雪的冬天。无雪的冬天，会多么无趣。

早晨一起床，就发现气温果然骤降了不少，屋外寒雨如丝，冰风浸骨。晨跑是不可能了。

煨着电火炉，望着窗外细雨，盼着，盼着……

盼着一场纷纷扬扬的大雪，那种旷野万籁俱静，大片大片的雪花扯絮般你追我赶，却阒然无声的大雪。那样的雪，有大自在，大禅意。等到雪住了，旷野皆白，大地纯洁又安静，那时，独自走在旷野里，你会觉得山川大地冰冽清新，有如初生。而你也像是天地初生的孩子，同时又像是天下最老的老人，旷野大地只为你一人而存在。你心中勃勃涌起的，皆是诗意。

想起古人的风雅，踏雪寻梅、取雪泡茶、寒江垂钓、雪夜访友……

最清透无尘的，当数张岱的湖心亭看雪吧。"大雪三日，湖中人鸟声俱绝。是日更定矣，余拏一小舟，拥毳衣炉火，独往湖心亭看雪。雾凇沆砀，天与云与山与水，上下一白。湖上影子，惟长堤一痕、湖心亭一点与余舟一芥、舟中人两三粒而已。"那画面，真是空灵唯美，浪漫痴绝。

然而，那样的大雪，却迟迟不肯落下。

若是那样的大雪落下，即便不去旷野里行走，不追慕古人风雅，就只煨着火炉，手捧一杯热茶，看着雪花在窗外静静飘落，感觉它们就像是我的老朋友，特意来我的窗前看望我，探访我，彼此无言却悠然心会，也已经足够了呀。

近中午时分，细小的雪花雪粒才终于夹杂在细雨中悄然落下。

可这样的雪是积不住的，沾到水就化了。

2015年2月1日　阴

林中冰枝

一连几天，都是细雨夹雪，盼望中的大雪终于没有来。然而，低于零度的气温，却让连日的寒雨在山林中形成了极美丽的冰枝冰挂。

年轻人按捺不住了，纷纷拿起相机，深入山林，去欣赏和拍摄那些琥珀一样晶莹的冰枝和树挂。

马上就要立春了，这是今冬第一场雨雪，也是最后一场雨雪，虽然没有期待中纷纷扬扬的大雪，然而有这满山林的玉树琼枝相馈赠，也足可安慰了。

香樟树的叶子、云杉的针叶、落叶灌木的枯枝、茅荻的柔穗、山茶的花苞、早开的梅花，它们全都裹在晶莹剔透的冰里，如同沉睡千年的琥珀，又如同锁在冰宫里的睡美人。整座山林，变成了童话世界里晶莹剔透的冰雪宫殿。阳光微弱淡白，山峦苍黛的颜色在冰枝上反射着淡淡暗绿的光芒。

大自然总是如此美丽又神奇。想一想，如果没有这些四季变幻的山林美景，人世会是多么苍白和寂寞呀。

我不知道冻雨、冰枝这种特殊的自然景观是否南方才会有。北方寒冷，落下的雪不容易融化，不会形成冰冻。而南方气温高，雪常常是边落边化，化成的水遇冷又冻成冰。

蓬松的雪花是温暖的，它就像温暖的棉花被一样，有着许多气孔。躲在厚厚雪花下的植物、菜蔬，就像躲在被窝里的婴儿，做着清冽又温馨的甜梦，却不会被冻伤。然而，冰冻却不具有这样的保暖效果，它算得是一种自然灾害，如果冻的时间过长，能将植物冻伤。

当然，短时间的冰冻是不要紧的，植物能熬得住。我想得多的，是山林里那些小兽物和小鸟们。在长长一年的时间里，我几乎日日上山，虽然很难见到这些小兽物们的身影，却常能发现它们活动的痕迹，能感受到它们的存在。此时，树林里满是冰枝树挂，它们的巢还能住吗？它们躲在哪里呢？它们是否也一面为这美景而惊奇，一面又感到彻骨的寒冷和饥饿呢？

太阳出来了，林中冰枝开始融化，化成水珠答答往下滴。

像是为了回答我的疑问，一只小黄鹂落在山径旁的枯草丛里，叽叽轻柔的叫唤着，声音空灵无尘，有着冰雪般的淡淡清冽。

2015年2月3日　阴

大寒的最后一夜

今夜，已是大寒的最后一夜了。冬已尽了。明日立春，大自然又将翻开新的一页。

这冬天的最后一个夜晚，照例还是那么安静，自然之神还在一心一意制造寒冷，也在寒冷里创造着新的生命。

书窗外山林黝黯，那些黄栌、香樟、野茶、山毛榉全都在黑暗里静默无声。它们正在以一种怎样神圣的方式进行着冬与春的交接，经历着怎样脱胎换骨的变化呢？

我对山林的观察和书写，正是从年初的立春日开始的，到今天，历时整整一年。在这一年里，我亲眼见过多少鲜花开过又谢了，多少野草绿了又黄了，多少树木荣了又枯了，无数鲜活的生命溪水一样流淌而来，又溪水一样流淌而去。山林正是以生命这种精微的奥义和无尽的美滋养了我。这是我的人生最为丰盈的一年，也是我真正受造的一年。在对山林的独自观察里，在对美的欣赏里，在无数个静夜的慢慢书写里，我真正沉静下来，仿佛借由一条秘境，抵达了生命无限广阔和宁静的空间。在那个空间里，时间仿佛不再流动，只有生命本身无尽的清真、自由，和蜜汁一样流淌的愉悦与甘甜。

得着了那样的美，得着了那样的享受，这使我对人生，对我生存的整个世界，都充满了感激。然而，在这辞旧迎新的静默之夜，我却不知该如何虔诚地敬献我的祭礼，才可以回报山林这无尽的恩赐。

山林静默不语。在这寂寂流转的暗夜里，它所怀有的，又是怎样的心情呢？

山林曾以它的沉默告诉我，生与死，造与受造，它们就像同一片树叶的阴面与阳面，永远都是同时进行的，生命因此而永恒轮转，时光也因此而永恒。明天，推开门，我呼吸到的又将是新一年的空气，是山林春天的新鲜空气。

所以那些曾经来过的事物，它们还将重新来过，人生多少希望，又将鲜花一样开满春天的大地。